# 鬼瓦からこんにちは

Nana Matsuyuki
松雪奈々

CHARADE BUNKO

Illustration

小椋ムク

CONTENTS

# 一

その日は朝からなんとなく嫌な予感がしていた。

俺は霊感やら第六感なんてものはてんでなく、むしろ勘の悪さにかけては絶大な自信がある。

だから俺の予感なんてものは携帯アプリの星座占いよりも猫の忠誠心よりもあてにならない。今日は湿度が高いせいで憂鬱《ゆううつ》なだけだろうと己の直感を容赦なく切り捨てた。

だが、嫌な予感は当たったらしい。

まず、俺の勘などよりもよっぽど精度の高い天気予報が的中した。

夜から雷雨の可能性があると朝の天気予報が伝えていたにもかかわらず、軒下《のきした》ならだいじょうぶだろうと楽観的予測をもって洗濯物を外へ干してきてしまった俺は、最終のバスに揺られながら、車窓を叩く横殴りの雨と強風の音を顔をしかめて聞いていた。

真っ暗な外はどしゃぶりで、洗濯物はきっと台無しだ。濡れるだけでなく、風に飛ばされていなければいいのだが。

予定ではもうすこし早く帰るつもりだったのだ。

この春地元の大学に進学した俺は、大学デビューして彼女を作ることが目下の夢であり、今日はさっそく入った写真サークルの歓迎会があった。その席で知りあった女の子がけっこうかわいくて、もっと仲よくなっておきたいなあと下心を抱いて二次会三次会とずるずる参加したために遅くなってしまった。

粘ったくせに、けっきょく電話番号もメアドも交換できなかったうえに、店を出たらこの雨。テンションがさがる。

外の様子を見ようとして車窓へ目をむけてみたが、照明が反射して自分の顔が映るだけだった。

ちょっと癖のある猫っ毛は雨に濡れてぺったんこ。可も不可もないおとなしそうな顔立ちに疲れた表情を乗せている。身長は百六十五しかない細身の身体で、モテる部類じゃないのは自覚しているが、改めて目にしてさらにへこみそうになる。これじゃまるでモヤシか綿棒、もしくはダイエットしすぎたアザラシみたいだ。

いや、男は外見じゃない。次の機会にがんばろう。

ああでも、女の子と気軽にメアド交換もできないような内気な性格じゃ……いやいや、弱気になるな俺。

高校は男子校で、女の子と会話する機会なんて三年間いちどもなかったから、久々に女の子のとなりにすわり、その特有の香りやら雰囲気に緊張してしまったが、女の子との会話なんて、慣れだ、慣れ。共学だった中学の頃はかまえることなく喋《しゃべ》ることができていたじゃないか。異性というものにさほど興味がなかったから気楽に話せていた当時。あの感覚を思いだすのだ。今日は意識しすぎた。

相手の子のほうも、俺によく話しかけてくれてまんざらでもなさそうだったし、番号を聞きだせなかったぐらいで落ち込むことはない。おなじサークルなのだから、話す機会は今後もあるだろう。そう、学生生活はこれからじゃないか。

俺はそうやって自分を鼓舞《こぶ》し、気持ちの安寧《あんねい》をはかることに時間を費《つい》やした。これから予感的中第二弾がはじまることも知らずに。

最寄りのバス停で下車すると、頭上の空が光った。ほぼ同時に飛びあがるほど大きな雷鳴。これはやばい。近いぞ。

大学近辺や駅前の繁華街は大きなビルが立ち並んでいるが、この辺りは田畑が点在する見晴らしのいい郊外。うかうかしていたら俺の頭に落雷するかもしれず、急いで帰らねばと傘も差さずに自宅へ走った。お気に入りのＧＡＰのデニムシャツとチノパンがあっというまにずぶ濡れだが、かまっていられない。

バス停から百メートルも走ると、自宅が見えてくる。

母屋は古い日本家屋で、敷地内に倉や工房もある。

うちは代々続いていた瓦屋で、いまは廃業したが祖父の代まで瓦職人だった。そのためボロい家だが、やたらと屋根瓦の装飾が凝《こ》っている。入母屋《いりもや》造りをなんどか増築した複雑な造りの家なので鬼瓦はいくつもあるのだが、そのうちの三箇所は鬼面の鬼瓦がついていたりする。

寺社でもないのに鬼面の鬼瓦をつけている家はあまりない。つける風習のある地方もあるが、うちの地方では俺の家だけだ。

なんでも伝説の鬼師と言われた曾祖父が、鬼を退治するために特別な力を込めてとりつけたのだと亡き祖父から聞いたが、眉唾《まゆつば》だ。

鬼退治云々《うんぬん》はもとより、伝説の鬼師というのもどうだか。鬼瓦職人を鬼師と呼ぶようになったのはこの辺では俺が生まれた頃からで、そのとき曾祖父はすでにいないし。

まあその話は幼かった俺むけの作り話で、実際のところは商売のためにつけたのだろう。

細工物は目を引くから。

ただ曾祖父が名工であったことはたしかなようで、数十年経ったいまでも曾祖父の葺《ふ》いた瓦は現役で、雨漏りひとつしない。

古くてボロいけど、頑丈で、それなりに風格ある家ではあるのだ。

ちなみに俺は現在、この実家にひとりで暮らしている。母は俺が幼い頃に離婚して出ていき、唯一の肉親である父は仕事で先月から海外赴任中のためである。

実家だけどひとり暮らしには違いないから、自由でいい。

行きたい大学が市内にあったので実家から通学することになったが、本音はできることならおしゃれなマンション、それが無理ならシェアハウスで、自分好みのインテリアに囲まれてイケてる大学生っぽい生活をしてみたかった。

マンションだの大学デビューだの彼女だの、そんな願望を父に知られたら、なにをしに大学に行っているんだと怒られそうだが、でもやっぱり大学生になったからにはそういうのって憧《あこが》れるものじゃないか。もちろん行かせてもらっているだけありがたいと思っているので口にはしないけど。

「わっ」

門扉《もんぴ》をくぐったとき、カッと稲光が走り、雨に濡れた鬼瓦が怪しく光った。

見慣れている俺でも、ちょっと怖い。

「うわ、最悪」

軒下に干していた洗濯物は風で飛ばされて庭に落ち、泥まみれになっていた。それを急いで拾って玄関の中へ入った瞬間、ドンッという耳をつんざくような轟音《ごうおん》がし、家と地面が衝撃で揺れた。

近く、なんてもんじゃない。これは家に雷が落ちたんじゃないか？

鞄《かばん》と洗濯物を玄関へ置き、靴箱の上に置いていた懐中電灯を手にして外へ出てみると、地面に数枚の瓦が落ちていた。宝珠の形をした飾り瓦もまっぷたつに割れている。

たしか宝珠の飾り瓦は屋根にひとつしかついておらず、祖父が生前に「けっしてふれてはならん」と言っていた覚えがある。

魔除けの効力を維持する代物《しろもの》なのだとか、曾祖父の霊力がどうのと作り話の延長で言っていたが、ふれてはいけない本当の理由は知らない。

「ありゃりゃ」

被害を確認しようと懐中電灯を屋根のほうへむけようとしたとき、暗闇から低く鋭い声がした。

「陽太《ようた》、なにをしている」

びっくりして声のほうへ懐中電灯をむけると、そこにひとりの男が立っていた。

獣のようにぎらつく瞳をした、野性的な印象の男。

耳が隠れる長さの黒髪は乱れ、シャープな顎《あご》のラインが野性味を強調している。年齢は二十代なかばだろうか。長身で肩幅が広くたくましい身体つきで、グルジアの民族衣装のような丈の長いコートを着ている。

――怖っ。

目力が強すぎて、視線があった瞬間、恐怖で震えあがる心地がした。

これほど嵐の夜が似合う男はそうそういない。一瞬、雷神がおりてきたのかと思った。

こんな怖そうな男は知らない。それなのに『陽太』と俺の名を呼んだ。

誰だ？

「また雷が落ちたら危ないだろう。家に入れ」

他人の家の敷地内に無断で侵入して堂々としているうえに、俺の名を知っているということは、俺の知らない遠い親戚だろうか。俺が忘れているだけで、どこかで会っただろうか。

しかしこれほど強烈なまなざしをした人物を忘れるとは思えないがと記憶を探っていると、反対方向から物音がした。

「いや〜、驚いたねえ。雷ってすごいねえ」

明るい口調で現れたのは、茶色の長髪をポニーテールに括《くく》った、綺麗《きれい》な顔立ちだけどチャラそうな青年だった。こちらも長いコートを着ている。年齢は俺とおなじぐらいか。

その後ろからは、これまた長いコートを着た七十歳ぐらいの小柄な老人が、よたよたと歩いてきた。

「ふむふむ。久々に身体を動かすと、節々が痛むのう」

なんだろう、この人たち。

呆然《ぼうぜん》としていると、突然横から腕をつかまれた。はじめに出会った野性的な男だ。

「早く家に入れと言っているだろうが」

苛々《いらいら》した様子で腕を引っ張られ、家の中へ連れ込まれる。

「え、あのっ？」

たしかに雷は心配だけど、それより俺はあなたたちのことが気になるんですけど。

命令口調で遠慮なく接してくるけど、やっぱり俺はこの男に覚えがない。

「あ、あの、失礼ですが、どちらさまですか」

「大我《たいが》という」

大我。

小学生の頃の同級生に太陽《たいよう》という名前の子はいたけど、どう記憶を探ってみても大我というのは聞き覚えのない名前だよなあと首をひねる俺の目の前で、大我と名乗る男はブーツを履いたまま上がり框《かまち》にあがった。濡れた、泥まみれのブーツで平然と。

え、なんだこの人、日本人じゃないのか？

「あのっ、靴を脱いでください！」

気弱な俺もさすがに驚き、とっさに注意すると、彼は俺を見て、それから足もとを見て動きをとめ、無言でブーツを脱いだ。

ブーツを脱ぐと素足だった。

「これでいいか」

「は、はい」

腕を引かれ、俺も慌《あわ》てて靴を脱ぐ。その背後で、茶髪の男と老人もブーツを脱いでいる。

「あはは、おもしろいねえ。人間みたいだ」

なにがおもしろいんだ。人間みたいってどういうことだ？　っていうか、この人たち、なんで勝手に人んちに入ってきているんだ？

疑問がいっぱいで混乱しているうちに、俺は引きずられるように廊下へあがった。

大我はふしぎなことに、勝手知ったる様子で廊下の先にある階段へむかって歩いている。そして階段の手前でふと気づいたように立ちどまり、後ろをふり返った。

「おまえたち、俺はこれから陽太を抱くから、邪魔をするなよ」

はい？

俺は意味がわからなかったが、茶髪の彼には通じたらしい。頬《ほお》を膨《ふく》らませて文句を言う。

「だめだよ、陽太はぼくが抱く」

「おまえにこいつは渡さない」

「なんでさ、ずるいよっ。ぼくだってほしいのに、独り占めする気？　あ、じゃあこうしよう。いっしょにやろうよ」

「だめだ。諦めろ」

なに……？

なんの話をしているんだ……？

俺を抱くって、いったい……？

『抱く』という言葉には、抱える、抱擁《ほうよう》する、エッチする、それ以外にどんな意味があったかな……。

「なんだよ、寛一《かんいち》のときはいっしょでもいいって言ったじゃん」

茶髪の彼が俺の空いているほうの腕をつかんだ。それをすぐさま大我が払いのける。

「あのときとは違う」

ふたりが揉めているあいだ、玄関から「ふんっ、ふんっ」という荒い鼻息のようなものが聞こえてきて、ふと目をやれば老人が土間に転がっていた。ブーツを脱ごうとして倒れたのだろうか、転がったままブーツを脱ごうとしている。身体が硬いのと力が弱いのとですんなり脱げず、プルプルしながらがんばっている。

「だ、だいじょうぶですか」

俺が声をかけたことで大我たちの注意もそちらへむいた。腕をつかむ大我の手の力が緩んだので、俺は彼の手から脱出して玄関へ戻って老人のブーツを脱がせ、手を貸して起きあがらせた。

「おおう、すまぬのう。なにもかも数十年ぶりで、靴の脱ぎ方も忘れてしもうたわ」

老人とともに廊下へあがり、そこで我に返る。見知らぬ人たちを親切に迎え入れてどうするんだ俺。

父が不在のいま、この家の管理者は俺だ。しっかりせねば。

「あの……、あなたたちは、いったい何者なんですか」

「わしは伊西《いさい》じゃ」

名前のようだが、やはり聞き覚えがない。

「伊西さん、ですか」

「そうじゃ」

「ええと、どういった方なのかを教えてほしいのですが……父や祖父の友だちだとか」

「友だちじゃあないのう。わしらは、鬼じゃよ」

老人があっけらかんと言って、壁にある照明スイッチを押した。

スイッチは外灯と玄関と廊下の三つがなんの表示もなく並んでいるのだが、老人の指は迷わず廊下の照明スイッチを押していた。

照明がつき、三人の姿がはっきりと照らされる。すると、それまで暗くて気づかなかったものに気づいてしまった。

老人の前頭部の中央、白くてふわふわした髪のあいだから、白っぽい角が一本生えている。

茶髪の男も、前髪と結《ゆ》っている髪の分かれ目の辺りに、角らしきものが一本。

大我へ目をむければ、乱れた黒髪のあいだから一本の白い角が見え隠れしている。

三人のどの角も大きくはなく、せいぜい三、四センチ程度だ。

「……鬼……角……?」

茶髪の男がにこやかな笑みを浮かべて頷《うなず》いた。

「そう。きみの曾《ひい》じいさんに、この家の鬼瓦の中に封印されちゃってたんだよね」

説明しながら彼はするりと俺に近づき、腰へ腕をまわしてきた。彼は大我よりも細身だが、それでも俺よりひとまわりは大きい。

「さっき、宝珠の瓦に雷が落ちて壊れただろう。あれ、ぼくたちの封印を維持するものだったんだよね」

「封印……曾祖父の鬼退治の話……？」

茶髪の男が話すのは、祖父が話した曾祖父の作り話だった。

「そうそう。その鬼だよ」

そう言われても。

俺はこれまで鬼なんて不可思議なものと遭遇したことはないし、鬼やら幽霊やら妖怪なんてものは存在自体信じていない。あれは科学の発達していなかった昔の人の空想の産物だ。俺だけじゃなく、現代の科学と常識を学んだ人間の多くは、そう解釈しているだろうと思う。鬼ですと言われてそうですかと素直に受け入れることはできない。

まともに考えたら、からかわれているとしか思えない。

だがこの人たちには角があり、祖父の作り話を知っている。

角は、よくできた作り物だろうか。祖父の話は俺と父しか知らないはずだけど、父が誰かに話したのだろうか。

だとしても、俺をからかう目的はなんだ。

「父の、お知りあいですか」

「違うって。だから鬼だってば」

自分で尋《たず》ねておきながら、父がらみではないだろうとは思っていた。

父は鰹節《かつお》よりカチカチの堅物で、ひとり暮らしの息子を心配してちょっと様子見にどっきりでもしかけてやろう、なんて考える茶目っ気のある男ではない。

とすると、俺の友だちの誰かが劇団員に頼んで——でも、祖父の話は知らないはずだし。なんだろう。まさか新手の強盗とか。突拍子もない話題をふって家主がまごついているうちに家へ侵入し——はっ！　そういうことなのか？　俺、まんまと家に入れちゃったけど！

「あの、うちは金目のものなんてなにもないですけどっ」

「知ってるよ。何十年もこの家の屋根にいたんだから」

茶髪の男はあくまでも鬼だと言い張って笑う。

「屋根の上の鬼瓦、わかるよね。ぼくは西側の鬼瓦に封印されてたんだ。すぐ真下に陽太の部屋があるだろう。だから陽太のことならなんでも知ってる」

言われていることが理解できない。

ああ、そうだ、祖父の話を知っている時点で、強盗という説も成り立たないんだった。

じゃあ、なんなんだ。

俺にはなにがなんだかわからない。混乱してどう対応すればいいか判断できずにいると、腰にまわされていた男の腕に抱き寄せられた。

「そんなわけでめでたく封印が解けたことだし、さっそく陽太を抱こうと思うんだ」

「はい？」

「あ、そうそう、ぼくのことは揺籃《ようらん》って呼んでね」

揺籃という男の顔が俺の顔に近づく。キスされそうな距離にぎょっとしてのけぞったとき、彼の肩に後方から手がかかり、引き離されていった。

「やめろ」

揺籃を引き剝《は》がしたのは大我で、俺は大我の腕に引き寄せられた。

「陽太は、俺のものにする」

「大我、久しぶりに出てきたら横暴さに拍車がかかってるよ。仲よく順番に抱こうよ」

口をとがらせる揺籃にかまわず、大我が俺を担ぎあげようとする。

俺はとっさにそれに抵抗し、口を挟んだ。

「あの、さっきからなんなんです。俺を抱くって、いったいどういう意味ですか……？」

「そのままの意味だ。いまどきはセックスと言うようだが」

大我の返事に俺は絶句し、それから叫んだ。

「な、な、なんで……っ」

『抱く』ってやっぱり、あの『抱く』か……っ！

九割九分そんな気はしていたが、違ってほしかった……！

「俺を抱くって、抱くって……どうしてっ」

あまりのことに声がひっくり返る。

俺は平々凡々たるごくふつうの男だ。男にしては若干華奢《きやしや》でひ弱ではあるが、女の子とまちがわれるほどでもないし、美形でもかわいくもない。

自称鬼のこのふたりも男性的な容姿に見える。たとえふたりがゲイだったとしても、俺はゲイ好みの外見ではないと思う。なのに、どうしてこの俺を抱くという話になるのか。俺の長所と言ったら、のんきで人畜無害なところぐらいだが、それが魅力的だから抱きたい、なんて発想になるわけがないし。

その疑問には揺籃が明るく軽やかに答えてくれた。

「きみの家の長男は特殊な精気を持つ家系なんだよ。その精気をうまく利用すると、鬼の力を増幅させられるんだ。抱くことで、その力を得られる。だから陽太を抱きたいんだよね」

はあっ？

特殊な精気ってなんだよ⁉

奇想天外すぎて目玉が転がり落ちそうだ。

「そ、そんな話、初耳です！」

「そりゃあ、精気なんて人間にはわからないだろうし、話題にのぼらないだろうしねえ」

「いや、あの、俺にはそんな特殊な精気なんてないですよ」

「人間にはわからなくても、ぼくたちはビンビン感じるんだよね」

「いや、でも、幽霊を見たこともないしスプーンを曲げられたこともない、霊感も超能力もゼロですからっ」

「そういうのとは違うんだってば」

「まあまあ、ふたりとも」

それまでのほほんと静観していた老人、伊西が割って入った。

「陽太、わしは伊西という」

名前は先ほども聞いたのだが。老人、痴呆《ちほう》が入っているのか。

「たぶんしばらく世話になるぞよ」

「はあ」

「廊下で立ち話もなんじゃろ。どれ、わしはお茶でも淹《い》れようかの」

仲裁に入ってくれるのかと思いきや、伊西はよたよたと台所のほうへ行ってしまった。

「たしかいい酒があったはずだのう」などとひとりで喋っている。

なんで人んちの台所事情に詳しいんだ。

ってか、助けるつもりでもないのにこの状況で口を挟んだのはどうしてなんだ。マイペースなだけなのか。一瞬期待した俺の気持ちはどうしてくれるんだ。

ともかく自力で乗りきるより道はないらしい。

狐《きつね》か狸《たぬき》に化かされているような気分で、どうにも現実感や切迫感が伴わないが、貞操《ていそう》に危険が迫っているのはたしかなようだ。嫌だという意思表示はしておかないと。

「と、とにかく、そんなことを言われても困ります」

俺を抱きたいという男ふたりに囲まれて、俺はしどろもどろになりながら拒否を口にした。

「俺、男ですし。そういう趣味ないですし……えっと」

ああ、こんな理由で引きさがってくれるような相手とは思えない。初対面だけど、それはわかる。動物の本能的な勘だ。

冗談ですよね、と笑って逃げたいが、ふたりから本気オーラが痛いほど伝わってきて、うう、どうしたらいいのか。

「だ、だ、だいいち、あなたたちが鬼というのも俺は信じられません。鬼というなら証拠を見せてください」

時間稼ぎにそんなことを言ってみると、揺籃が首をかしげた。

「鬼の証拠？　なにを見せたら証拠になるの？」

反対に尋ねられて、はたと思考がとまる。

鬼の定義ってなんだろう……。

自分で言っておきながら、なにをもってすれば鬼と認められるのか、よくわからなかった。改めて考えると、鬼って曖昧《あいまい》な存在だ。たぶん角があって、それから、あとは……。

「……いいパンツを穿《は》いてますか」

「パンツ？　なに、パンツを見たいの？　なんだ、陽太ってばいやらしいなあ。その気なんじゃないか」

揺籃がにやにやしながらコートの留め具をはずしはじめた。

「ちち違いますっ！　鬼のパンツはいいパンツで強いパンツで……っ」

「うん。ぼくのは伸縮性がよくていいパンツだよ。破れにくくて洗濯にも強いよ」

「ぬお、パンツとな？」

台所のほうへむかったはずの伊西が話を聞きつけて駆け戻ってきた。なぜか頬を染めて嬉々《きき》としている。

「パンツの上等さならわしも負けぬぞよ。うっかり漏らしても、洗濯すれば匂いも汚れも元通り。自慢の一品じゃ」

鬼も洗濯するのか、とか、なぜそんなに興奮しているんだ伊西、とか、そんなことはいまはどうでもいい。

自分の貞操を危うくする方向へ話を持っていってしまった。まずいぞ。

じりじりと後じさりしようとしたが、大我に肩をつかまれた。力が強くて、一歩も離れることができない。

「陽太」

大我に名を呼ばれた。見あげると、ぎらぎらした黒い瞳とぶつかった。ひい、怖い。

「おまえが信じようが信じまいが、鬼は鬼で、その問答に意味はない。行くぞ」

腕を強く引かれる。あわわ。

「ちょっと大我」

俺を連れて階段へむかおうとする大我を、揺籃が引きとめようとした。

その彼を大我が一瞥《いちべつ》する。

「しつこいぞ」

「当然」

にこやかだった揺籃が笑いを収め、大我をひたと見据《みす》える。

ふたりのあいだの空気が緊張して張り詰めた。しかし。

「諦めろ。その代わり、俺のしもべを一匹貸してやる」

大我のその言葉で揺籃が怯《ひる》んだ。

「う……」

「不服はないだろう？　おまえが作ったしもべより、俺のしもべのほうが使える」

揺籃は俺に未練そうな視線を送りつつも、黙った。大我の提案は魅力的なものらしい。

これまでの会話から察するに、彼らの関係性は部下と上司というよりは仲間という雰囲気なのだが、力関係は大我のほうが上らしい。

「いいな」

「しかたないね」

待ってくれ。揺籃が承諾したとしても、俺は承服できない。

本当の本当に、大我は俺を抱く気なのか。

ほんの数分前に出会ったばかりの見知らぬ男に、どうして抱かれなきゃいけないんだ。本人の意思は無視なのか。

俺は女の子とだってキスすらしたことないのに。手を繋いだのだって中学時代の腕相撲大会だとか、強制力のあるイベントでしかない。

女の子との初体験もまだなのに、男に犯されるだなんて冗談じゃない！

「や、や、やだっ。俺は、嫌だ！」

「そうか、そうだよね、陽太も大我よりぼくのほうがいいよね。ごめん陽太」

いや、どっちも嫌ですけど！

「ほう。相手を選ぶのか？」

大我が俺を睨《にら》んだ。ぎらぎらと光る瞳。

こ、怖い。その視線だけで心臓がとまりそうだ。

「おまえは俺と揺籃の、どちらがいいんだ」

俺を見おろす獣のようなまなざしが、刻一刻と鋭くなる。

怖い、怖いってば！

「あ、あの」

俺が意味のあることを喋りだすより先に、大我が口を開いた。

「俺を選ばない場合は、全員に抱かれることになるぞ。俺ひとりに抱かれるのと、複数に抱かれるの、どちらがいい」

黒い瞳が刃物のようにぎらりと光る。

「ひとりを相手にするほうが楽だぞ」

それ、完全に脅《おど》しじゃないか。

「俺でいいな」

答えられない俺に代わってそう言うと、大我は口の端に残忍そうな笑みを刻み、俺を肩に担ぎあげた。

案内もしていないのに、二階にある俺の部屋の場所は知られていた。

部屋に入るとベッドへおろされた。

俺は男の魔の手から逃れるために即座に横へ転がってベッドから落ち、扉へむかって駆けた。しかし俺の前にすばやく彼の脚が伸びて、引っかけられた。

俺は無様《ぶざま》に転倒し、ひたいを壁にしたたかにぶつけた。

「〜〜〜っ」

呻《うめ》いてひたいを押さえていたら、ふたたび身体を抱えられ、ベッドへ戻された。

「嫌だっ」

シャツに手をかけられる。

「服を脱げ」

「や、嫌だっ」

「おとなしくしろ」

「冗談っ」

拒否すると相手の嗜虐心《しぎゃくしん》を煽《あお》って逆効果になるかもしれないと思ったが、従順にしていてもやられるだけだろう。弁舌で機転を利かせて逃げるなんて芸当は愚鈍《ぐどん》な俺にはできない。なのでひたすら手足をばたつかせたら、上からのしかかられて、押さえつけられた。

大我は容姿が恐ろしいだけでなく、俺よりもずっと大柄で屈強な男だ。そんな男に無理やり手足の自由を奪われ、恐怖で身がすくんだ。

陛下で問答していたときはいまいち現実味が湧かなかったが、こうしてベッドに押し倒されると、貞操の危機どころか生命の危機すら迫っているように感じ、ちびりそうになった。

「おとなしく脱げ。いつまでもずぶ濡れの服を着ていたら、風邪を引くだろう」

風邪を引くって、そんなことを心配している場合なのか？

出合い頭もそうだけど、雷が危ないだろうとか、いちいち親切なひと言が入るよな、この人。そんな心配をしてくれるのに強姦するってなんなんだ。

黒髪のあいだから光沢のある白い角が見える。本当に鬼なのか。

どうして俺がこんな目にあわなきゃいけないんだ。

なぜ俺が、と思えば思うほど疑問が溢《あふ》れ、頭が冷静に働かなくなる。

ひたすら怖くて、涙が溢れる。がたがたと身体を震わせ、男の顔を見あげた。

「陽太」

低い声で名を呼ばれる。

「俺が、怖いか」

あたりまえじゃないか。この状況で、怖いと感じないほうがどうかしている。

泣きながら、歯の根もあわぬほど震えている姿が、喜んでいるように見えるというのか。

そう言ってやりたいが、臆病者の俺にそんな度胸はない。答えられずに震えていると、まるで傷ついたかのように、ぎらぎら輝く男の瞳がわずかに陰ったように見えた。気のせいかもしれない。

「ひどくはしない。そう怖がるな」

この時点でじゅうぶんひどいと思う。

このままではやられてしまう。どうにかしないと。

俺は必死に恐怖を抑え込み、口を開いた。

「あの、服を脱げって言いますが、離してくれないと、脱げない、です」

「そうだな」

脚は男の脛《すね》で押さえつけられたままだが、両腕は解放された。

いまだ。

俺は渾身《こんしん》の力で殴りかかった。が、反撃は見越されていたようで、簡単に封じられ、ふたたび押さえ込まれてしまった。

「おまえの力では、俺にはかなわない。諦めておとなしく抱かれろ」

男の顔が近づく。男とファーストキスなんて嫌だ。とっさに顔を横にそむけたが、顎を強くつかまれて戻され、くちづけられた。

「んんっ」

左腕の拘束がなくなったので、男の身体を押しのけようと突っ張ったり叩いたりしたが、びくともしない。

顎の骨が砕けるかというほどの力で無理やり下顎をさげられて、口を開かされる。そこに男の舌が入ってきて、のどの奥へ唾液を流し込まれた。気道が塞がれて窒息しそうになり、反射的に飲み込む。液体がのどから胃へと流れ落ち、とたんに身体の奥が熱くなった。

アルコールを飲まされたような灼熱感。

「え……なに……？」

唇を離され、俺は思わず呟《つぶや》いた。いま、なにを飲まされたんだ？

「鬼の唾液には催淫《さいいん》作用がある。じき、気持ちよくなる」

「え……」

ほんの短い説明を受けているそばから、じわじわと身体の奥に異変を感じていた。熱さとともにむず痒《がゆ》いような快感が沸き起こり、全身に広がっていく。

「なに、これ……」

おののく俺の唇を、男の唇に塞がれた。また唾液をたっぷりと送り込まれ、飲み込まされる。

ほのかだった快感が明確に、より強くなる。

唾液を飲み込んだあとも男の舌は引かず、口内の粘膜を丹念に舐《な》めていく。舐められたところから熱が灯《とも》り、快感が生じる。奥で縮こまっていた俺の舌に男のそれが絡んできて、表面も裏側も嬲《なぶ》られると、恐怖で震えていたはずの身体が甘く痺《しび》れた。

「ふ……ん……」

信じられないことに、俺は感じていた。知らない男にされたキスで。

こんな快感は、生まれて初めてのことだった。

嫌なのに気持ちよくて息があがってしまう。長いキスが終わる頃には舌も粘膜もすっかり蕩《とろ》け、泥酔した気分だった。唇が離れる間際に唇をしっとりと舐められたら、唇が生殖器になったかと錯覚するほど気持ちよくて、甘ったるい喘《あえ》ぎ声が漏れてしまった。

「は……ぁ……」

大我の舌が、俺の涙を、頬を、耳を舐める。舐められた箇所から身悶《みもだ》えするような快感がほとばしり、たちまち制御できなくなった。

こんなのは信じられない、わけがわからないと動揺する気持ちに比例して快感が増し、混乱する。

どうしよう。本当に、めちゃくちゃ気持ちいい。

自慰するよりも数段、男のキスのほうが気持ちがいいだなんて、俺の身体はいったいどうなってしまったんだ。

喘ぎ声をだして、腰をくねらして、もっと求めてしまいたくなる。それを我慢すると呼吸が乱れ、心拍が加速する。

「熱い……」

身体がほてり、息苦しい。はあはあと喘ぎながら、うわごとのように呟いた。

「熱いだけじゃないだろう」

鼓膜を震わす男のささやき声すら、快感に変じた。

「……っ」

「気持ちいいだろう」

首筋にねっとりと舌を這《は》わされ、その快楽の甘さに背筋が震える。

「う、あ……嫌だ……」

嫌だと思うのは本心なのに、抵抗できない。全身の力が入らず、男の身体を押しのけようとして伸ばした手は、ただすがりつくだけになっている。

キスをされて肌を舐められただけでこんなことになっている自分が信じられなかった。

男の唾液に催淫作用があるというのは本当らしい。そうでなければ、こんなこと、ありえない。

男の手が俺のシャツの襟元にかかった。と気づいた直後、派手な音を立ててシャツを左右に引き裂かれた。

ボタンがはじけ飛ぶ。

「あぁっ！」

なんてことをしてくれるんだ！　お気に入りのシャツなのに！

そう文句を言いたかったのに、直後に乳首を舐められて強烈な快感を覚え、盛大な喘ぎ声をだしながら抱きついてしまった。

「は……んっ……、あ、や……っ、ぁ……」

乳首を吸われながら、ズボンとボクサーパンツを脱がされる。雨に濡れた厚手の生地が脚に張りついて脱がせにくいだろうに、これまた強引に、生地を破るいきおいで脱がされた。

男の目の前に、俺の興奮した中心が晒《さら》される。嫌だと言って泣いた直後にこんな反応をしている己の身体が恨めしく恥ずかしい。

でもこんな快感を与えられた経験は初めてなのだ。

セックスに慣れていたならまだしも、童貞で、ごくたまにささやかな自慰をするだけの、なにも知らない身体なのだ。それをいきなり妙なものを飲まされて、もてあそばれたらしかたがないじゃないか。

「初々《ういうい》しいな」

大我は俺の興奮を見て満足そうに目を細めた。そして俺の両脚をつかみ、左右に大きく広げた。

「や、やだっ」

声であらがっても、身体は力が抜けていて抵抗できない。どうにかずりあがったものの、ベッドヘッドに頭をぶつけるだけで、無意味な抵抗だった。むしろよけい身体が固定され、逃げられなくなっただけだ。

「まだ、達《い》くなよ」

大我が身をかがめ、俺の股間に顔を埋めた。ぬるりとしたものを感じたのは、前ではなく、後ろのすぼまりだった。

「あ、あっ……」

舌が襞《ひだ》をこじ開け、中へ潜《もぐ》り込んでくる。濡らされた部分から、粘膜に火が灯る。

そんなところ、ふつうに舐められたら気持ち悪いだけだと思う。だが男のふしぎな舌は、俺のそこに快楽を覚えさせた。粘膜の奥へ唾液を送り込まれ、全身が総毛立つほどの快感が生じる。舌だけでなく指も挿《い》れられ、唾液をまぶすように全体へ広げられる。

入り口自体も広げられ、襞を丹念に舐められながら解される。

「やだ……や、あ、ぁ……っ」

拒否の言葉は快感によって舌足らずとなり、甘く濡れてしまう。

大我がひっそりと笑う気配がした。

「俺の唾液は、おまえの身体によく合うようだな」

一本だけだった指が、いきなり三本に増えた。

「あう……っ」

無理やり広げられる感覚に驚き、声が漏れる。だが痛みはなく、俺のそこは快感にそそのかされるように素直に広がり、太い指を受け入れてしまった。

根元まで呑《の》み込まされた三本の指がぐちゅぐちゅと卑猥《ひわい》な音を立てて抜き差しされる。それから指の中程まで抜かれると、それぞれ別方向へ力を加え、入り口を広げられた。その空いたスペースに舌が差し込まれ、それまでよりもさらに奥まで、粘膜を舐められ、柔らかく抜き差しされた。

「あ……あ、や、ぁ……んっ」

俺が知らなかっただけで、そこは生殖器だったのだと思った。そう錯覚するほどそこへの愛撫《あいぶ》は気持ちよく、腰が震えて収まらなかった。

じゅうぶんに解されると、舌と指が引き抜かれ、大我が膝立ちになった。

逃がさないというように俺の片脚をつかんだまま、もう一方の手でコートの合わせ目から猛ったものをとりだす。

「………」

うっかりそれを見てしまった俺は、己の目を疑った。

俺のムスコの何倍あるだろうか。それはまるで棍棒《こんぼう》かというほどでかくてごつごつしていて、浮き出た血管がどくどくと脈打っているのが視認できるほど滾《たぎ》っている。茎が太くて恐ろしく卑猥だ。ふつうサイズのはずの俺のなんて、それと比べたらエノキダケみたいだ。

俺は一瞬で快楽を忘れた。

童貞だって、これからなにをされるかぐらいわかる。そんなものを後ろにつっ込まれたら、きっと病院行きだ。いくら解されたって、物理的に無理だ。

快感で上気した顔色が青ざめる。

「や、やだ……あ……っ」

必死に起きあがろうとしたが、それより早く両脚をつかまれ、しっかりと抱え込まれた。身体がふたつ折りになるように、開いた脚を押さえつけられ、入り口にあの凶器のような猛りが押しつけられる。

熱く硬い感触。

「ひ……っ、嫌だ……っ」

男の腕を叩いてもひっかいても逃げられない。

「怖がるな。すぐ気持ちよくなる」

泣いて頭を打ちふるうが、そんなのは抵抗にもならない。問答無用で身体を押し進められる。

入り口がぐぐっと圧迫されて、硬いもので広げられた。猛りは乾いた感触で、それが、俺のあそこがぐしょぐしょに濡らされていることに気づかせる。

「ひぁ……あ……ぅ」

信じられないほど太いものが、ずぶずぶと中に入ってくる。

その太さも信じられないが、それ以上に信じられないのは、そんなものを挿れられているというのに、痛みではなく快感を覚えていることだった。

ふつうならば犯されてしまったという絶望感でうちひしがれるところだというのに、快楽で頭をいっぱいにされ、よけいなことを感じているひまはなかった。

粘膜をめいっぱい広げられながら、肉棒を埋め込まれる。先に送り込まれていた唾液が、肉棒によって隅々まで塗り広げられ、さらに奥まで押し込まれているようだ。

まもなく根元まで押し込まれ、俺の広がりきった入り口と男の下腹部が密着する。

「ぁ、あ……っ」

腰をぐるりとまわされ、中に収まった硬い棒が動く。それによって、唾液が粘膜にこすりつけられる。

「……っ」

「どうだ。いいだろう」

顔を覗《のぞ》き込むようにして自信満々に言われるが、それに反応する余裕もない。

いや、俺の表情と萎《な》えない中心が、如実《にょじつ》に答えているかもしれない。

男は奥まで埋め込んだ猛りを、ゆっくりと半分ほど抜いた。出ていくときの感触は、入るときとは異なっていた。ぬちゃりと音がし、猛りのすべてが俺の内部で濡らされたことを知る。そしてひと息つくまもなく、抜き差しがはじまった。

とたん、電流が走ったように身体が痺れた。

「あっ、あ……ぁ、んっ」

電流の正体は強い快感だ。

ごつごつした猛りに粘膜をこすられるたびに、全身を快感が駆け巡る。

「や、あんっ、あ、ぁ、あん！」

自分の中を肉棒がひっきりなしに出入りしているのを感じ、女の子のような喘ぎ声が出てしまう。

この世にこんな快楽があったかと思うほど、気持ちがよくておかしくなりそうだった。

「は……」

男の荒い息遣いが聞こえ、ぐいぐいと力強く腰を打ちつけられる。シナプスが暴走したかのような強い快感に涙が溢れてとまらない。

俺はいま、初めて会った男に犯されている。それなのに泣きながら甘ったるく喘ぎ、犯している男に自ら抱きついて快楽に溺《おぼ》れている。

これは現実のことなのか。

わけがわからなくなり、快感だけにすべてが支配される。男の腰遣いが次第に激しくなり、体内で荒れ狂う快感の熱が高みへ追いやられていく。

膨大に膨れあがった快感を堪《こら》えきれず、下肢が痙攣《けいれん》する。

もう、限界だ。我慢できない。

そう思ったとき、ひと足先に、身体の奥で大我が熱を放った。

腰を揺らしながらどくどくと注がれて、大量の液体を呑み込まされる。

「あ……？　あ、あっ」

そんなわけはないのに、身体がそれを吸収しているのを、俺は感じた。男に注がれた体液は蕩けそうなほど甘美な味わいで、脳髄《のうずい》が震える。そして直後に奥をひと突きされ、猛烈な快感。

「あ、ああ——っ！」

唾液による催淫作用とは比べものにならないほどの快感が体内で爆発し、俺は頭を真っ白にさせながら射精した。

瞬間、ぽんっと妙な音がした。

「？」

仰向けに寝ているから、当然飛沫《ひまつ》は腹に落ちる。そのはずなのだが、腹は濡れなかった。

俺の放った精液は、腹に落ちる前に白く丸い物体になり、腹に落ちるとバウンドしてベッドへ転がった。

「……へ？」

それは十五センチぐらいの大きさで、飛騨高山《ひだたかやま》のさるぼぼ人形のような形をしていた。でも全身白い。

なに、これ。

達った解放感も、まだ大我と身体が繋がっていることも忘れて、俺はその得体の知れない物体を凝視した。

白くてもちもちしていて、黒い目がふたつついている。鼻や口はなく、頭頂部にちいさな角がある。

「それに名前をつけろ」

大我が俺の中から楔《くさび》を抜きながら命令してきた。

「それは名付けられることで、力を得る」

「え、あの？　これって俺がだしたやつ……ですよね……」

「そうだ。おまえは鬼の精を体内に受け入れてから達くことによって、鬼のしもべとなる子鬼を産みだせる。そういう特殊な血を受け継いでいる」

なんだそりゃ。

「早くしろ。すぐに名を与えないと、弱ってくる」

「え、あ、名前……えっと」

よくわからないが、急《せ》かされて、俺は白い子鬼にむかって言ってみた。

「ま……豆大福《まめだいふく》？」

いや、なんか、そんな見た目だから……。

瞬間、子鬼が輝いて、ぽんと跳びあがった。

着地したときには輝きは収まった。

それを大我がつかみ、ふっと息を吹きかける。

「棍棒になれ」

わあ、まさかこの子鬼が棍棒に変身するのか？　やっぱり鬼といったら棍棒か。

固唾《かたず》を呑んで見守る俺の目の前で、子鬼はぴかっと光って変形し、棍棒になった。十五センチほどの。

「…………」

なんだろう。ちゃんとブツブツもあって、ミニチュアの棍棒に見えなくもないけど、棍棒にしては柔らかそうだし、形状が大人のおもちゃにも見えて、とてつもなく卑猥なんですけど。

「これが、棍棒？」

俺が思わず呟くと、大我が眉を寄せて舌打ちした。

「力が弱いな。初めてだからしかたがないか」

「え、と。どういう……？」

「おまえの精が薄い。俺に抱かれることにもっと慣れて、貪欲に快楽を求めるようになれば、濃い精をだせるだろう。つまり子鬼の能力も高まる」

大我はそう言うと、なにを思ったか突然俺の脚を広げ、入り口に子鬼のミニ棍棒を押し込んだ。

「な、なにする……っ！　やめ……っ」

棍棒はするりと奥まで入って、すべてが俺の体内に収まってしまった。

脚を解放され、俺は焦《あせ》って尻へ手をやり、それをとりだそうと試みたが、自力では引き抜けなかった。

「な、な、なんでこんなことっ、抜いてくださいっ！」

「そこに俺を受け入れることに慣れろ。慣れて、うまくセックスできるようになったら抜いてやる」

「そんな……まさか、またする気？」

「当然だろう」

そんな。

慣れるまでって、そんな簡単に慣れるわけない。いったいどれだけ俺を抱くつもりなのだろう。

「今日はしないがな。棍棒はとうぶん挿れておく」

ということは、すくなくとも明日まで挿れっぱなしにしろってことか？

子鬼の棍棒は大我の猛りよりひとまわりちいさいが、それでも異物感は半端じゃない。

「ぬ、抜いてください。こんなの挿れっぱなしじゃ……あの、トイレとか、どうするんです」

「そのときは抜いてやる」

大我が衣服を整えて立ちあがる。

「それを挿れておけば、貞操帯にもなっていいだろう。万が一、揺籃に襲われてもだいじょうぶだ」

ちっともよくないですけど。

「俺は久しぶりに鬼瓦から出てきて、やることがあって忙しい。おまえは休んでいろ」

大我が部屋から出ていく。

どう考えても、彼らはすぐにここから出ていく気はなさそうだ。

俺は彼が出ていった扉を呆然として見つめ、しばらく動くことができなかった。

なんだよ。なんなんだよこれ。

俺、これからいったいどうなるんだ？

# 二

俺はそのあとまんじりともせずひとりで夜を過ごし、朝を迎えた。

部屋から出たらあの鬼たちがいる、今度はべつの鬼が押しかけてきて輪姦されやしないかと怯《おび》え、夜のあいだは部屋から出る勇気がなかったのだが、部屋に朝日が差し込んだら、すこしだけ恐怖が薄れた。

昨夜のことはすべて夢だったと思いたい。

夢か幻覚だったならば、どんなにいいだろう。

「でも、現実、なんだよなあ……」

俺は現実主義なほうだと思う。でもだからこそ、自分の目で見て体験してしまったものは、受け入れざるを得ないという結論に至る。現実を否定してまで目をそむけ続けることはむしろ困難だ。

尻に入れられたものは、いまも存在感を主張しているし、階下から伊西や揺籃の声が聞こえるのだ。これをないことにはできない。

大我に抱かれ、俺の精液が子鬼になってしまったことからも、彼らが鬼だとか、俺が特殊な血を受け継いでいるという話は本当なのだろう。信じ難《がた》いけど。

鬼だと思うと怖いが、ホラー映画の幽霊のように無口じゃなく、コミュニケーションが可能なぶん、不気味さを感じないのが救いだ。

「……行くか」

いいかげんトイレに行きたい。

とりあえずその特殊能力が俺にあるために、抱かれる以上にひどいことはされないだろう。

ベッドから身を起こすと、破れたシャツや湿ったチノパンが床に落ちているのが目に入り、昨夜の大我との情事が思いだされた。いまはもう、あの快感の名残《なごり》はない。

はあ、とため息をつき、それらから目をそむけて、新しいシャツとデニムを着る。

高校時代は制服だったが、大学生になってからは毎日私服だ。イケている大学生となる第一歩としておしゃれな服装は欠かせない。だが気合いが入りすぎていると不自然で笑われる。自分に似合うものが望ましいのだが、似合うものだと冴えなくて野暮ったいものになり、イケてる格好とはほど遠い。ならばどうしたらいいのだ、ほどよく垢抜《あか》けられる服なんてセンスのない俺にはわからないし、服を買う予算だって限られているしと毎朝大学へ着ていく服を選ぶたびに何十分も悩んでいたのだが、今朝は服装などどうでもよくなっていた。思えば贅沢《ぜいたく》な悩みだった。昨日の朝、鏡の前で悩んでいた自分の姿が思いだされ、あの頃はなんて平和だったのかとむせび泣きたくなる。いまの俺は昨日の朝とは別次元の宇宙にいる。

「うう」

動くたびに、尻に入っている棍棒がこすれて、異物感を覚える。痛くはないが、気になって変な動きになってしまう。

どうにか着替えを終えると、昨日の服を持って、おそるおそる部屋から出た。

階下へおりると、鬼たちの声は台所のほうから聞こえた。

うちは台所と食卓が二十畳ほどのひと部屋になっていて、トイレや風呂、洗濯機のある洗面所は、そこを通らないと行けない。

うう。勇気をだして階下へおりてみたけど、やっぱり顔をあわせるのは不安かも。

洗濯なんてかならずする必要はないし、食事やトイレは近所のコンビニにでも行けばいい。

こっそり家を出ようかと思ったが、でも尻の棍棒を抜いてもらわないと困る。

ビクつきながらガラス障子《しょうじ》をそっと開け、中の様子を窺《うかが》うと、食卓の椅子に揺籃がすわり、床に酒瓶を抱えた伊西がすわっていた。

大我の姿はない。

ほっとしたとき、伊西が俺に気づいた。

「おおう、陽太。目覚めたか」

ほがらかに声をかけられ、俺はおどおどと頭をさげて部屋へ入った。

伊西が抱えている酒瓶は父の秘蔵のバーボンだった。ほとんど空になっている。

「はっ。飲んではまずかったじゃろか」

俺の視線に気づいた伊西が、焦ったように酒瓶を背に隠す。

「ちょっと味見をさせてもらっただけじゃ。昔、敬一《けいいち》がいい酒だと言っていたのを覚えていてな。興味を引かれて、ちょっとだけ、ちょっと味見しただけなんじゃ」

いや、ほとんど空だったのはしっかり見たけど。

ちなみに敬一というのは俺の父の名だ。

曾祖父に数十年前から封印されていたという話なのに、父の酒のことなど、どうして知っているんだ。

「父と面識があるんですか」

「顔をあわせたことはない。封印されていても意識はあっての、この家の中で起きたことは把握しておる」

なるほど、鬼たちがこの家の間取りや照明などにも詳しいのも、そういうことらしい。

「飲んだことが知れたら、敬一に叱《しか》られるじゃろうか」

「それは……どうでしょうか」

鬼なのに人間に叱られる心配をするって感覚がよくわからない。

「陽太よ。どうか内緒にしてくれなんだか」

「いいですけど……」

父のバーボンぐらい、俺の貞操と比べたらどうってことない。

「おおう、そうか、助かるぞよ」

伊西が無邪気に喜ぶ。

伊西も鬼のはずなのに、大我のように偉そうな態度をとるでもなく、その辺にいるふつうの老人と変わらない。

大我にも、抱かせろと迫られるのでなく、酒ですませてもらえたならどんなによかったことか。

「あの、それより……大我は」

「見まわりに行っとる」

「見まわり？　どこのですか？」

「この辺り一帯じゃ。長いこと顔を見せていなかったからのう」

顔を見せるって、誰に？

「ほかにも鬼の仲間がいるんですか」

「いや、鬼はこの辺にはわしらしかおらん。見まわりは、地域の物の怪《もののけ》たちのためじゃよ。それから獣や虫や木々、植物やらの様子も見てまわっていることじゃろう」

物の怪って、妖怪ってことだよな……。

そんなものがこの地域にいるというのか。

鬼だけじゃなく、そんなものまで。

ここは大都市じゃない。地方都市の郊外で、近所には田畑や森があったりするけど、妖怪が出てもふしぎじゃないほどのド田舎でもない。

どこに妖怪が住んでいると言うのだろう。そこのコンビニの裏だよ、なんて言われたとしても、想像できない。

頭を抱えたくなっていると、揺籃が長髪を揺らして椅子から立ちあがり、俺に近づいてきた。

「大我になにか用?」

「あ、えっと」

尻の棍棒を抜いてほしくて、なんて言いにくい。口ごもっているうちに揺籃がさらに接近してきたので後じさりしたら、背中が壁に当たった。

「昨夜はどうだった?　大我は乱暴だったんじゃないの?」

揺籃の手が、俺を囲うように壁につかれた。彼は大我よりはすこしだけ背が低く、身体も細身だが、俺よりはずっと大きい。たぶん身長は百八十センチあるだろう。

「身体、辛いんじゃない?　歩き方変だよ」

長身をかがめ、顔を覗き込まれた。視線がぶつかる。

揺籃は一見チャラそうだが、整った綺麗な顔をしている。鼻筋が細くてツンとしていて、目は切れ長。中性的で、化粧をしたら女性にしか見えないかもしれない。

うっかり見惚《みと》れていたら、腰を抱かれ、引き寄せられた。

「大我ならきっとまだ帰ってこないよ。そのあいだに、ぼくと抱きあおうよ」

優しくささやかれ、頬を撫《な》でられる。

「ぼくは大我と違って優しいしうまいから、きっと陽太も満足するだろうし、いい子鬼ができるよ」

「いや、あのっ？」

キスされそうなほど顔が近づいてきて、俺は焦って彼の身体を押し返した。

「なあに、嫌？　そう言わず、いちど試してみてよ」

押し返したはずの身体はさらに密着し、尻を撫でられる。

「昨日、大我の子鬼を作ったんだろう？　ぼくのも作ってよ」

頼むから尻を撫でないでくれ。ああ、そこを揉むなっ！

「あ、あの、俺はする気はないし、たとえその気があったとしても、俺の尻には現在先客がいてですね……っ！」

切羽詰《せっぱつ》まって叫んでいると、玄関が開く音がした。

きっと大我が帰ってきたのだ。

ふたりは昨夜、俺についてのとり決めをしていた。だから大我が来たなら揺籃も離れてくれるだろうと思ったのだが、予想とは逆に、彼はますます俺に迫ってきた。

「陽太、早く！　いまのうちにしようっ。部屋へ行こう！　いや、ここでいいや」

無理だってば！

うわあ！　押し倒された！

「揺籃。なにをしている」

大我が風のような速さで台所へやってきて、床に組み敷かれた俺の上から揺籃を引き剝がしてくれた。

「昨夜の約束はどうした。しもべを手にしておきながら、陽太に手をだすことは許さん」

「へーへー」

揺籃は口をとがらせて不満そうにしながらも、食卓のほうへ戻った。

大我が俺を見おろしてくる。

「だいじょうぶか」

獣のような瞳に見つめられ、反射的に緊張し、目を伏せた。

俺はこの鬼に無理やり犯されたのだ。

直後に子鬼が出てきたりそれが棍棒になったりと信じられないことが続いたせいで、抱かれたショックは薄れていたけれど、それでもショックなのは変わりない。

無理やり抱かれたことも、痛いどころか気持ちよかったことも、男として屈辱で惨《みじ》めなことだった。

気弱な俺にだってプライドはあったのだ。負け犬が勝ち犬の目を見られなくなる気持ちがいまはよくわかる。

できることなら忘れたい。

でも尻の中にある存在が、忘れさせてくれない。

これをだしてくれと頼まなきゃいけない。それもまた恥辱を伴うが、自力でとりだせない以上、頼まないわけにはいかなかった。

「あの、あれを……棍棒というか、豆大福を抜いてほしいんですが」

「まだだめだ」

「いやっ、でも、トイレとか、風呂にも入りたいしっ。必要なときは抜いてやるって、言ったじゃないですか」

言い募ると、大我がちょっと黙ってから言った。

「尻をだせ」

「じゃあ、むこうでいいですか」

みんながいるところで尻をだすなんて嫌なので、台所を出て洗面所へむかった。

昨日の服を洗濯機に放り込んでから、大我に背をむけ、デニムと下着をおろす。そして尻を突きだす体勢をとった。

うう、嫌だ。

恥ずかしいやら屈辱やらで、泣きたい気分だ。唇をかみしめて感情を堪えていると、尻に大我の手がふれ、棍棒を引き抜かれた。

異物感が消える。

「抜いたぞ」

「どうも……」

はあ、助かった。

礼を言うのも変なので、俺はうつむいて大我の前を通りすぎてトイレへ行き、そのあとシャワーを浴びた。

浴室から出ると、大我が脱衣所で待っていてぎょっとした。壁にもたれて腕組みをしていた彼は、びしょ濡れの俺の腕をつかみ、引き寄せた。そして俺を拘束する。

「な、なにを……っ」

「しばらく挿れておくと言っただろう。また挿れるぞ」

「そんなっ。俺これから大学に行かなきゃいけないんですっ」

「挿れたまま行けばいい」

冗談ではない。

「や、やだっ」

抵抗したが、身体を押さえつけられ、無理やり尻に押し込まれてしまった。

ううう、せっかく解放されたと思ったのに……。

「それを抜くことは俺にしかできない。揺籃にもとりだせないから、挿れておけばあいつに犯される心配はない。挿れておくんだ」

「……いつまで……」

「夜になったら具合を見てやる」

また今夜、抱かれるのか。

揺籃に犯されなくても大我にやられるんじゃ、大差ないんじゃないのか。

情けなくて涙が出てくる。

「こんなの挿れたまま、生活できないです」

「慣れろ」

「そんな無茶な……」

俺の抗議を無視して、大我が出ていく。

大我は俺に恥辱を与えたくて意地悪をしているのではなく、ただ単に、子鬼を作る道具としてしか俺を見ていないのだろう。

俺に対して、人間対人間のあいだに発生する感情を持ちあわせていない。強姦する意味も、俺という男を傷つけたいがためでも、性的な欲求からでもない。

彼は効率よく力を得たいだけなのだ。

そう気づくと、男としてのプライドは多少回復されたが、感情ある人間としてのプライドがダメージを負った。

どちらのプライドを傷つけられるのがマシなのか——って、どちらも嫌なことには変わりない。

日中も棍棒を挿れられたまま過ごさなきゃならないのか……。

半べそをかきながら身体を拭き、服を着て廊下へ出ると、伊西が待っていた。

今度はなんだ。

「陽太。おぬしは保育園なる場所を知っておるか。わしはそこへ行ってみたいのじゃが」

「保育園に行きたいんですか？」

「なんでも、酒池肉林《しゅちにくりん》のパラダイスだと聞いた」

「……酒池肉林？」

保育園のどこが酒池肉林なのだろう。首をかしげ、はっと気づいた。呆《ぼ》けた感じだけど伊西も鬼だし、まさか子供を食べるとか……？

俺はゾッとして首をふった。

「お、俺は、知りません。そんな場所は」

「知らんのか」

「ええ、まったく」

保育園は小学校のとなりにある。けっこう近所だ。だがそれを教えるわけにはいかない。

「探してもらえんじゃろうか」

「や、その……すみませんが、学校へ行かないと」

「勉強か。行かねばいけぬのだろうなあ」

「もちろんです。いまの俺にはなにより大事なことです」

「そうじゃろうな。去年の陽太は大学に受かるために猛勉強していたものな。封印されていたが、よく知っておる」

いったいどこまで見られていたんだろうと頭の片隅で思いつつ、大きく頷いた。

「とくに今日の講義は大事なので、行かないわけにはいきません。失礼しますっ」

適当に言って逃げるように玄関へむかう。

正直、棍棒を尻に挿れたまま出歩きたくはなかった。歩くのが大変というだけでなく、こんなの変態じゃないか。だが大学へ行くと言ってしまったし、家にいたら保育園を案内しなきゃいけなくなる。

しかたない。嫌だけど大学へ行くしかないか。近所の子供たちを守るためだ。

玄関には、汚れた洗濯物を置きっぱなしだった。これの処理は帰ってからだ。

「行くのか」

尻を意識しながらそろそろと靴を履いていると、玄関に大我がやってきた。

「歩きにくいんじゃないか」

そう思うなら抜いてほしい。

「講義があるので、行かないと」

「そうか」

引きとめられて無体なことをされるかとビクついてしまったが、大我は腕を組んで俺を見つめるだけだった。

その後ろから揺籃と伊西も顔を覗かせる。

「行ってらっしゃーい」

「……行ってきます」

鬼たちに見送られる奇妙さを味わいながら俺は家を出た。

雨はやんでいて、空は晴れ渡っている。すこし離れて家の屋根を見あげると、雷が落ちた場所が見えた。瓦が壊れたのはわかるが、その下の屋根板の具合は、屋根にのぼってみないとわからない。

あとでシートをかぶせないと。

玄関脇に落ちた瓦はそのままで、俺は宝珠の飾り瓦を拾ってみた。

見た目はどうということのない、ふつうの飾り瓦だ。

これに曾祖父の霊力が込められていたという。

作り話だと思っていたけど、本当だったんだな。

ほかに被害はないかと家のまわりを一周してみると、鬼面をした三つの鬼瓦がすべて壊れて地面に落ちていた。

「封印、か……」

ここに鬼が封印されていたのか。

それを知らずに、俺はずっとここで暮らしていたんだなあ。

複雑な気分で瓦を眺めて、俺はバス停へむかった。

途中のコンビニで菓子パンを買ってバス停へ着くと、ちょうどバスがやってきて、乗車する。

バスに揺られると、振動で尻の異物感がすごい。

まさか自分の人生に、こんな変態的な行為をする機会が訪れるとは思いもしなかった。こんなのはAVかエロ本の世界だけのことだと思っていた俺には青天《せいてん》の霹靂《へきれき》である。

なぜ俺がこんな目にあわなきゃいけないんだ、と昨日から何十回も脳裏をよぎった文句がまたもや湧きだし、頭から溢れだす。思いが可視化できるなら「どうして俺が」というセリフでバスの中が氾濫《はんらん》していることだろう。

昨夜からすでに許容範囲を超えていて、頭がイカれてきたかもしれない。振動に耐えているうちに、どうして、どうして、どうして俺がっ、と振動にあわせて歌いだしたくなった。歌わないけど。

バスをおり、大学に着いたときには疲れきっていた。でもせっかく来たのだから講義を聴いていきたい。純粋な学習意欲ではなく、ほとんど意地だ。静かにすわっているだけならなんとかなるだろう。

「陽太くん、おはよう」

教室へむかっていると、昨日の歓迎会で気になっていた子に声をかけられた。心臓が跳ねあがる。

「あ……おはよう、田中《たなか》さん」

田中花純《かすみ》ちゃんというその子はふんわりしたボブの似合う子で、百五十二センチしかない身長が悩みなのだと言っていた。百六十五しかない俺とちょうどいいバランスじゃないかと思う。昨日、俺とつきあえばお似合いのカップルになれるよと妄想の中で言ってみたが、伝わってはいないだろう。

丸い目で俺を見あげてくる花純ちゃんは今日もかわいかった。

でもいまは会いたくなかった。

「花純でいいよ。それより、だいじょうぶ？」

「だいじょうぶって?」

「だって、汗がすごいし、顔色悪くない? 歩き方もなんだか……具合悪いの?」

うん。歩き方がへっぴり腰で、おかしいだろうとは自分でも思っていた。

「いや、平気」

「そう……?」

「うん。ごめん、ちょっと急ぐから」

尻に棍棒を挿れられているせいなんだ、なんて事情はもちろん話せない。俺は無理して笑い、早々に彼女と別れた。せっかく声をかけてもらえたのだが、いまの俺は楽しく会話をする余裕などない。ふとした拍子に棍棒の具合が変わり、うっかり奇声をあげてしまったら大変だ。変な人だと思われかねない。

棍棒さえなければもうすこし喋ってランチに誘って、携帯番号を聞きだせたかもしれないのに。

ああもうほんと、大我を恨む。

俺は講義がはじまるぎりぎりまでトイレで過ごし、それから教室へ入った。

「よ、竹内《たけうち》」

「はよ」

着席すると、大学に入ってから仲よくなった友人が、俺に声をかけてきてとなりにすわった。

「昨日の新歓、どうだった。楽しみにしてたよな」

こいつは花純ちゃんと違い、俺の具合に気づいていないらしい。陽気に話しかけてくる。具合がおかしいと気づかれるのも面倒だが、ふつうに喋りかけられるのも、いまの俺には苦しい。尻が気になってまともに話せない。朝食用にと買った菓子パンを食べる気にもなれない。

「新歓……うん、楽しかったよ」

「あん？　暗いなあ。その反応は、いまいちだったたってことか」

そうじゃないけどどっちでもいいよ。悪いけどいまは放っておいてほしいんだ。

幸いにしてまもなく講師がやってきて、講義がはじまった。

この授業は受け身で黙って聞いていればいいだけなので助かる。

異物感はあるが、動かずにいればだいじょうぶそうだった。本物のバイブではなくあくまでも棍棒なので、自ら振動することはないようだ。

と、ほっとして小休止できたのはほんのつかのま。しばらくすると、尻の中で棍棒がうねうねと動きはじめた。

な、なんだ？

まるで本物のバイブのように動く。いや、本物のバイブがどんなだか童貞の俺は知らないので想像だけど、って、いや、童貞じゃなくても尻にバイブを挿れられた感触を知る男なんて多くはないんじゃないか——とか、あああ、混乱してるぞ俺。本物のバイブ云々なんていまは問題じゃないだろう。

俺はとっさに尻に力を入れた。すると棍棒の動きがさらに淫《みだ》らになった。

なんで、どうして？

驚いたことに、増したのは異物感だけではなかった。

「……っ」

いまは、大我の唾液による催淫効果はないはずだ。だが中のとある場所を棍棒でこすられると、快感が生まれて声をあげそうになった。

そういえば、大我に抱かれたときにも、すごく感じた場所かも……。

やばい。

股間が硬くなり、デニムを押しあげる。

太腿に力を込めて堪えるが、棍棒の動きは激しくなるばかりで、腰に甘い痺れが駆け抜ける。

「……うっ」

棍棒のツブツブが、いい場所を刺激してめちゃくちゃ気持ちいい。喘ぎ声をあげそうになり、とっさに手で口元を押さえ、歯をかみしめた。

いったいどうして急に。

豆大福、やめてくれよ。おまえはバイブじゃないだろう、立派な棍棒だろうっ！

心の中で呼びかけても、刺激はやまない。

もう、講義どころじゃなかった。受動的な講義ということは、つまり室内がとても静かということで、そのことがこれまでとは逆に俺を窮地《きゅうち》に立たせる。すこしでも呻いたりしたら目立ちそうだ。

「おい？　どうした」

息を乱して机に突っ伏す俺に、となりのやつが気づいて声をかけてくれるが、平気、なんてとても言えない。

だめだ、我慢できない。

俺はトイレと断って、教室を出た。

トイレに駆け込み、棍棒をとりだそうとしてみたが、やっぱり自力じゃだせない。

「ま、豆大福……、じっとしていてくれよ」

頼んでみたが、意思疎通は図れないようで、棍棒もとい豆大福は卑猥に動き続けている。

もしかして、大我が豆大福に指令しているのだろうか。

これをどうにかできるのは、彼しかいないのだろう。

せっかくがんばって来たのに、戻るしかないのか。

俺は泣く泣く大学を出て、家へ戻るバスに乗った。棍棒自体の動きとバスの振動で二重の刺激にさいなまれながらも耐え、家へたどり着いたときは俺は本当に泣きべそをかいていた。

「大我」

這うように玄関に入ったら、もう一歩も動けなくなった。泣きながら土間にしゃがみ込んで鬼の名を呼ぶと、大我が奥の部屋から姿を現した。

「どうした」

「中で、あれが動いてて……っ」

「動く？」

訝《いぶか》しそうに彼の眉が寄る。

「あ、あなたのせいじゃないんですかっ」

「俺はなにもしていないが」

「苦しくて……、すぐに、抜いてください……っ」

大我が土間におり、俺の横に膝をつく。

「見せてみろ」

「う、動けない……」

「ズボンぐらいおろせるだろう」

玄関で尻をだせというのか。

うにない。

「ここで？」

「いま家には誰もいない。どこでもいいだろう」

家にいなくたって、外から誰か来たらどうするんだ。

嫌だと思ったが、家の中までは自力で歩けそうになかったし、大我も連れていってくれそうにない。

棍棒はいまも動き続けていて、考える余裕もなかった。切羽詰まっている俺は羞恥に耐えながらも自分でデニムと下着を太腿までおろし、尻をだした。

「脚を開いて、よく見せてみろ」

言われるままに両手両膝を土間につき、大我のほうへ尻をむけて脚を開く。

昨夜のように無理やり脚を開かされているわけではない。自ら晒していることがとてつもなく恥ずかしく、情けなく、全身が赤く染まる。

「ああ、本当らしいな。やけにヒクついてる」

大我にヒクつく入り口を見られているのを感じる。早く抜いてくれ、と思っていると、尻に男の手がふれ、入り口に指を差し込まれた。

「う……、あ、あっ」

指は棍棒を引き抜くかと思ったら、棍棒とともに、中をぐりぐりと刺激しはじめた。

「や、やめ……」

「柔らかくなっているな。昨夜より具合がよさそうだ」

もう一方の手で、勃起している前を握られた。

「もう、達きそうだな」

そう。あとすこし刺激されたら、きっと達ってしまう。

「おねが……大我……っ」

はやくやめてほしくて懇願すると、前の根元をきつく握りしめられた。

「う……っ」

「すこし我慢しろ」

棍棒が引き抜かれる。

「こいつは力が弱いから、変身が限界だったんだろう」

棍棒は俺から出たとたんに元の姿に戻った。

限界だったということは、また挿入されることはないだろう。すくなくとも豆大福が回復するまでは。そう思ってほっとして息を吐きだしたとき、中に指が入ってきた。

「あ、ああっ」

指は唾液で濡らされたようで、挿れられたとたん、昨夜知ったあの独特の快感で身体が燃えあがった。

「や……あ、ぁん……っ」

指は粘膜の隅々にまで唾液をまぶしていく。

唾液を塗られ、指で刺激されるとたまらなかった。腰が震え、揺れてしまう。

何時間も棍棒を挿入されていたせいで、中はじゅうぶんにほぐれている。大我はさほど時間をかけずに指を抜くと、前をいましめる手も離した。それから己の猛りをとりだし、俺の尻を両手でつかむ。

え。

まさか、こんなところで？

「あ……、や」

俺はうろたえ、腰を引いた。しかし力強く引き戻され、尻の割れ目に猛りを押しつけられた。同時に入り口を広げるように、尻の肉を左右に引っ張られる。

そして、いっきに貫かれた。

「あぁ……っ」

あらがうまもなくすべてを埋め込まれ、その衝撃に背をしならせて嬌声《きょうせい》をあげてしまう。

大我のそれは棍棒よりもずっとごつくて大きくて、強烈な快感を俺に与えた。

挿れられた瞬間に達きそうになり、身体をぶるりと震わせたが、達くことはできなかった。

それより先に、大我の手によって解放口をとめられたせいだ。

「まだ達くな。俺が達ってからでないと、子鬼ができない」

前にまわされた右腕と尻をつかむ左手によって腰を固定され、大きく抜き差しされる。

「あ！　ぁ、あ……っ、ん、んっ……、やだ……っ」

体内で快感と熱が渦《うず》を巻き、出口を求めて荒れ狂う。気持ちいいのに苦しくて、ひどく辛い。

「大我……ぁ、おねが……、早く達って……っ」

必死に懇願する舌は甘く痺れ、ろれつがまわらない。

「達かせたかったら、もっと腰を使え」

俺を調教するように、大我が腰を緩やかに動かす。

「俺の動きにあわせて、中を締めてみろ」

「そんな、の、っ……できな……ぁ、あ……っ」

「できるまで、このままだぞ」

「そんな……っ」

土間で尻をだし、背後から男に犯されている。玄関の扉は鍵がかかっておらず、いつ誰に見られるか知れない。そんな状態なのに、俺は泣きながらよがっていた。

大我の熱い肉棒が俺の中を出たり入ったりしている。そのたびに、ぐちゅぐちゅと濡れた音が響き、耳をも犯されている気分だった。

ゆっくりとした動きのせいで、猛りの形状がよくわかる。先端の反り返りが俺のいい場所をこすりながら奥へ入っていく。その後に続く幹は笠の部分よりも太く、ごつごつしていて、涙を流すほど気持ちがいい。引くときもまた、おなじように刺激されて、腰が蕩ける。

「は、ぅ……ん」

大我の命令に従って、中を締めるためにそこに力を入れようとしてみるが、めいっぱい開ききったそこに力を入れることなどできなかった。入り口はヒクヒクしていると思う。それではだめなのだろうか。

「む、り……っ、ぁ、……っ」

「まずは、俺の形をしっかり覚えることだな」

「あ！　あっ、あっ……んぁ……、っ、ん……、ん……っ、は……」

ふいに強く穿《うが》たれ、荒々しく揺さぶられたと思ったら、また緩慢に突かれたりして、翻弄《ほんろう》される。

気持ちよすぎて、達きたくてたまらないのに達けない。延々と焦《じ》らされて、気がおかしくなる。

俺の先端から先走りがすこしだけ零《こぼ》れる。それは子鬼にはならず、たらたらとしたたり落ちた。

「達かせて……、達きたい……っ」

泣きすぎてかすれた声で訴えた、そのとき——唐突に玄関の戸が開いた。

「あれ」

はっとして顔をあげると、そこにはロングコートの揺籃がいて、ばっちりと視線があってしまった。

うわっ！

大我と繋がっているところも丸見えのはずだ。俺は慌てたが、大我は抜き差しをやめようとしない。平然と、まるで見せつけるように腰を打ちつけてくる。

「や、あっ……大我……っ？」

揺籃もさほど驚く様子もなく、セックスをしている俺たちをしげしげと観察しはじめる。

「いいなあ、大我」

揺籃が俺の目の前に膝をついた。

「陽太、エロい顔。ぼくも抱きたいなあ」

頬に彼の手が伸びてくる。しかしふれる前に大我がはねのけた。

「さわるな」

俺はセックスに慣れていない。昨夜初めて犯されたばかりなんだ。いまだって、好きでしているわけじゃない。

それなのに、他者に見られながらするなんて冗談じゃない。

相手が誰であろうと、こんな姿を見られたくなかった。だが助けてほしい気持ちもあり、潤んだ瞳で揺籃を見あげると、彼がごくりと生唾を飲んだ。

「……でも、ねえ大我。陽太がぼくにもさわってほしそうだよ。手伝ってあげるよ」

「やめろと言っている」

「味見ぐらいさせてよ。ちょっと舐めるだけ」

「絶対にさわるな」

大我がチッと舌打ちし、腰の動きを速めた。

「あ……っ」

突然の揺籃の登場で遠ざかっていた快感が戻ってくる。立て続けにいいところを突かれ、前まで刺激されて、またたくまに切羽詰まった状態に引き戻された。

「あっ、あっ……、おねが……っ」

「陽太。手助けなど要らないと言ってやれ。そんなのなくても、じゅうぶん気持ちいいと」

「え……」

「言ったら、達かせてやる」

揺籃が「そんなの無理やり言わせてるだけじゃないか」と文句を言う。彼は手出しこそしないものの、あいかわらず間近から俺を見ている。

俺はそんな状況から逃げることもできず、犯され続けている。それも、泣いてよがりながら。なんて拷問《ごうもん》だろうと思うけれども、強い快楽に理性は支配され、徐々に揺籃の存在を気

にかけなくなっていた。

「陽太。言うんだ」

俺はもう限界を超えていた。激しい突きあげにわけがわからなくなり、早く達きたい一心で口を開く。

「助け……要らな……気持ち、いい、から……っ、ぁ、早く……っ」

強く打ちつけられたと同時に、奥に大我の熱を放たれた。直後に中心をいましめていた手が離れ、解放感に身を震わせながら俺も欲望を放った。

「ああ……っ」

我慢に我慢を強いられたあとの解放感はすさまじく、忘我の境地で嗚咽《おえつ》を漏らしながら吐精する。

とたん、ぽんっと音がした。

俺の放った精液は、またもや子鬼になった。形状は豆大福といっしょだが、今度のは肌がピンク色だ。

「陽太、名前を」

解放の余韻に浸るひまもない。俺は荒い息をつきながら、なかば投げやりに言った。

「イチゴ大福っ」

名付けられたイチゴ大福は豆大福のときと同様に輝いて跳びあがった。それをつかまえた

大我が、

「棍棒になれ」

と言うと、やっぱり子鬼はミニ棍棒になった。

「豆大福が回復するまで、こいつを挿れておけ」

「そんなっ」

問答無用でそれを押し込まれそうになり、俺は悲鳴をあげて拒《こば》んだ。

「それを挿れられたら、日常生活を送れなくなるからっ。やめてください！　俺、朝から食事もとれてないし、このまま体力が落ちたら、精だって強くならないでしょうしっ。それは大我も困るのではっ⁉」

精がどうこうなんてことはよくわからないけど、俺が弱まれば大我も困るはずだと思い、適当に言い募る。

すると俺の言うことも一理あると思ってくれたのか、大我が動きをとめた。もうひと息だ。

「お願いします、せめて夜だけにしてください」

入りかけていた棍棒が抜かれた。

「わかった。では代わりに、用事がないときは抱き続けることにする。俺を受け入れる時間を長くして、慣れさせてやろう」

そんな！　それも嫌ですけど！

揺籃が「いいなあ」などと呟いている。いったいなにがいいんだ。
鬼はそれほど子鬼がほしいのか。
この調子では、どれほど抵抗しても、また抱かれてしまうのだろう。
いったいいつまでこれが続くのか。
まさか一生？
俺は恐ろしい予感にゾッとして、己の身体を抱きしめた。

# 三

大学生活を謳歌《おうか》して彼女と青春するという俺の夢はどこへ行ったんだ。平和な日常はいつか戻るのか。

あのあと大我に担がれて自室へ戻った俺は、体力回復のためにベッドに横になった。

豆大福とイチゴ大福は自主的に水浴びをし、いまは室内を駆けまわっている。

ほんとになんだよこの能力。

「よりによって、抱かれて子鬼を作る能力って……」

特殊な血を受け継いでいるという場合、もっと格好いい能力じゃないのか。

どうせなら鬼と戦える能力とか、従える能力とか、そんなのがよかった——と、そこまで考えて、ふと気づく。

曾祖父の寛一は、鬼退治をしたという話だった。

鬼たちも言っていた。曾祖父によって鬼瓦に封印されていたのだと。

ということは、俺にも鬼を封印する力はないのだろうか。

揺籃は、こう言っていなかったか。『精気をうまく利用すると、鬼の力を増幅できる』と。『うまく利用』なんてわざわざ言うってことは、つまり、精気にはほかの用途もある、ということでは。

そのひとつが鬼を封印する力ならば、俺にも封印できるんじゃないか？

試しに、瓦を作ってみるか。

できるだろうか。

いや、でも。突然瓦作りなんてはじめたら、鬼たちが不審に思うだろう。封じようとしているとばれたら、どんな仕打ちをされるか。

可能かもわからないのに、危険で無謀《むぼう》な挑戦だ。

とはいえこのままじゃ、大我の言いなりになって抱かれる毎日が続く。

俺は己の手を見て、勇気をだして不安をふり切った。

「……やってみよう」

大我はこれからひまさえあれば俺を抱くと言っていた。そんなの冗談じゃない。このままじゃ、花純ちゃんをデートに誘うこともできない。

明るい未来のために、彼らをこの手で封印しよう。

やり方はよくわからないが、瓦に鬼を封じ込めた曾祖父に倣《なら》おう。まずは壊れた瓦を修復するか、もしくは新たに作らないといけないだろう。

でも俺は、瓦を作ったことなどない。幼い頃、祖父が作っていたのをおぼろげに覚えているが、詳しい工程はわからない。

たぶん父に聞いてもわからないだろう。

「教えてくれそうな瓦職人を探すか」

よし、調べよう。

携帯は鞄の中だ。そして鞄は玄関に置いたまま。とりに行かねばと身を起こしたとき、部屋の扉がいきなり開いた。

「うわ」

開けたのは、大我だ。

開けるときはノックぐらいしてほしい。びっくりしたじゃないか。

「調子はどうだ」

彼は無表情に部屋に入ってきて、俺の鞄とコンビニの袋を差しだした。コンビニの袋の中身は、朝俺が買った菓子パンだ。

「食べられるようなら、食べるといい」

「……ありがとうございます」

ちょうど鞄をとりに行こうとしていたところだったので、持ってきてもらえたのはありがたかった。

俺が鞄とコンビニの袋を受けとると、大我がベッドに腰掛けた。

ほかにも用事があるのか。

「……なにか」

「食べ終えたら、また抱く」

俺は頬を引きつらせた。

「いや、あの、それはちょっと……」

「まだ無理か」

「はあ。体力が回復してないですし、用があるので」

「用？」

鋭い視線で問われ、内心で冷や汗をかきながら頷く。

「瓦を……その、雷が落ちて壊れたところを直さないといけないんで、施工業者を調べようと思ってるんです。明日、また雨が降りそうだし、今日中にシートで覆っておかないとまずいので」

「シートで覆うぐらいは俺がやってやる」

大我が立ちあがり、窓辺へ寄る。

「青いシートが物置にあったな」

「あ……はい」

彼は部屋の窓を開け、そこからひょいと飛びおりた。

うわ！

俺も窓へ駆け寄って、下を見おろすと、大我はケガした様子もなく平然と工房横の物置へ歩いていった。

「さすが鬼……」

二階から飛び降りるぐらい、なんでもないのだろう。

しばらくして彼は物置からブルーシートを持って出てきて、軽々とジャンプして屋根へあがった。その先は俺の部屋からでは見えないが、きっと作業してくれているのだろう。

「……意外と親切……」

食事をしろと、俺の体調も気遣ってくれたし。

でもそれは俺を抱くためなのだろうけど。

大我が作業してくれているあいだに、俺は彼が持ってきてくれた菓子パンにかじりつき、携帯で瓦職人を調べた。

いまは工場で作ってしまうので、曾祖父の時代のように瓦を手作りできる職人は激減している。調べてみてもうちの地方にはそれらしい工房は見つからなかったが、電車で二時間ほどのところに一軒だけ、見学ＯＫの工房があった。

さっそくそこへ連絡をとり、明日の見学の予約をとりつけた。

翌日。俺は大学に行くと言って家を出て、電車に乗って工房へむかった。

今日は尻になにも挿れられていないので電車の振動は問題ないが、身体がだるい。

昨日、夜も大我に抱かれたせいだ。達かせてもらえないまま延々と抱かれ、途中で気を失ってしまったので子鬼はできなかった。あまり表情の変化が見られない大我だが、今朝顔をあわせたとき、俺の体調を心配し、気遣わしげな態度を見せた。やりすぎたと反省してくれたらしい。

次からは多少手加減してくれるかもしれない。でも抱くのを完全にやめるってことはないだろう。

車内は空いていて、すわって行けたのが幸いだった。電車に揺られ、うつらうつらしているうちに最寄り駅へ到着し、下車する。その後はバスと徒歩で二十分ほどで目的の工房に着いた。『長野《ながの》瓦店』という看板が控えめに掲げてある。

うちとおなじように敷地内に一般住宅ふうの母屋があって、そのとなりに工房がある。比較的手広くやっているのか、工房の前には広い駐車場があり、トラックが二台駐まっていた。工房も大きくて、外に瓦が積まれている。

工房の広い入り口は開いていて、俺は重い鞄をそこへ置き、中を覗き込んで声をかけた。

「ごめんくださぃ」

すると奥のほうで作業をしていた、六十代ぐらいの男性が顔をあげた。

「お仕事中すみません。昨日お電話した見学希望の竹内という者ですが」

名乗ると、男性が手拭《てぬぐ》いでひたいの汗を拭いながらにこやかにやってきた。

「ああ、竹内さん。遠いところようこそ」

男性は瓦店の主人で、長野と名乗った。

工房の入り口付近の棚には、鬼面の文鎮やミニチュアの瓦などが値札とともに綺麗に並んでおり、レジがある。土産用らしい。

「見学者って、多いんですか」

「多いと言うほどでもないですが、最近は観光バスを受け入れています。ひとりでも多くの方に瓦のよさを知っていただきたくてね。さ、こちらにどうぞ」

店主の長野氏は観光客相手に説明し慣れているだけあって、俺への説明もスムーズだった。

粘土の成形から乾燥、窯《かま》焼き、施工までの流れを工房内の作業場を案内しながら説明してくれた。また俺が興味を示すと店主も乗ってきて、日本三大瓦産地の特色や瓦の歴史、現代と昔の製法の違い、チタン製瓦、ＪＩＳ規格について等々、いろいろな話を聞かせてくれた。

元瓦屋の孫でありながら、祖父が現役だった頃には瓦にさほど興味がなかったから今日初めて知ることが多くて、非常に勉強になった。

でも俺が一番知りたいのは瓦の歴史や特性などではなく、具体的な製法なのだ。

「えっと、焼成温度は何度を何日続けるんですか。それから粘土の練り具合と配合は——」

メモをとりながら具体的な質問をすると、さすがに長野氏は怪訝《けげん》な顔をした。

「ずいぶん熱心ですね」

「ええ、じつは、ちょっと見ていただきたいものがあって」

俺は入り口へ引き返し、鞄を持ってきた。

空いている作業台の上に、鞄の中のものをとりだしてみせる。

「これは……?」

持参してきたのは、破損した宝珠の飾り瓦だ。鬼瓦も持ってきたかったが重かったので断念した。

「これを修復することは可能でしょうか」

「ははあ。ここまで粉々だと、元通りにするのは難しいですなあ。なにか謂《い》われのあるものですか」

「謂われと言いますか……自宅についていたものでして、また屋根にとりつけたいと思っているんです」

長野氏は顎に指を添えながら、しげしげと瓦の破片を眺める。

「できないことはないですが、けっこうな料金をいただくことになりますよ」

「いえ、長野さんにご依頼ではなく、自分で直したいと思っているんですが」

長野氏が目を丸くし、それからハハッと笑った。

「無茶をおっしゃる」

「無理でしょうか」

「ちょっとねえ。修復はプロでも難しい。国宝の文化財というならともかく、ご自宅用でしたら、新しいものに替えるのをお勧めします」

「そうですか」

「似たものがうちにもありますよ。修復するより安いし丈夫です。ええと、どこだったかな」

長野氏が商品を探しにいこうとする。

「あ、いいえ。いいんです」

俺は彼を引きとめ、瓦の破片へ目を落とした。

俺には曾祖父のような瓦を作る技術はない。

瓦の善し悪《よしあ》しが、鬼を封じる力に影響するのか知らないが、すくなくとも曾祖父の瓦はこれまで封印してきた実績がある。

素人《しろうと》の俺が作るへなちょこよりも、曾祖父の瓦を修復して使ったほうが効力があるのではないかと思っていちおう持ってきてみたのだが、難しそうだ。

自分で一から瓦を作るのは大変そうだが、やはり作るしかないか。

「素人が飾り瓦を作るのは、難しいでしょうか」

主人が苦笑する。

「それはまあ、屋根にとりつけられるだけのものを作るには、年数が必要でしょうなあ。素人に簡単に作れたら、わしらは要らんわけで」

「事情があって、自分の手で瓦を作りたいのですが、ご主人に指導をしていただく、ということはお願いできないでしょうか」

主人が目をぱちくりさせた。

「なぜまた――」

その主人の質問に重なるように、背後から低い声がかかった。

「なぜ自分の手で作る必要がある？」

この声は。

聞き覚えのある声にぎょっとしてふりむくと、そこには大柄で黒髪の野性的な男――大我が立っていた。

「俺を封印する気か？」

ぎらりと光る目が俺を睨む。

うわあ、ばれてるよ！

「な、なんでここが」

俺はビクビクして一歩さがった。

「おまえの気配はわかる。それに、子鬼を通して会話は聞こえる」

「子鬼？」

大我が近づいてきて、俺の鞄の中からピンク色の子鬼をとりだした。

「イチゴ大福……」

いつのまに潜《ひそ》んでいたんだ。気づかなかった。

「陽太。俺を封印するつもりかと訊《き》いている」

「や、その」

「封印したいほど、俺が疎《うと》ましいか」

男の瞳が鋭さを増す。

「それほど俺が憎いか」

大我の手に肩をつかまれる。彼の全身に怒りが満ちていて、俺は顔から血の気が失せるのを感じた。

「封印のつもりじゃなく……ほら、曾じいさんの作った大事な瓦だし、昨日言ったように、直さないと雨漏りするし……」

しどろもどろに言いわけしてみるが、うその下手な俺の表情が、内心をすべて物語っている。ああ、やばい。

大我がふんと鼻を鳴らした。

「たとえ瓦を作れたとしても、おまえには寛一ほどの力はないから、封印するのは無理だ」

「いや、だから——うわっ」

俺は彼の肩に担ぎあげられ、問答無用で自宅へ強制送還されてしまった。

「今日は手加減してやるつもりだったが、お仕置きが必要だな」

俺の部屋へ着き、ベッドへ転がされ、あれよというまにズボンと下着を脱がされる。

「お、お仕置きって……」

大我の怒りに怯え、抵抗もできずにくちづけられた。

無理やり唾液を飲み込まされたと思ったら両足首をつかまれ、身体をふたつに折りたたむように両脚を頭のほうへ持ってこられた。足首が顔に近づき、自然と尻が浮く。そして、なんの下準備もしていない入り口にいきなり硬い猛りを突き入れられた。

「ああ……っ!」

衝撃に、悲鳴があがる。

「痛くはないだろう」

大我の言う通り、そこは昨夜、気を失うまで散々広げられていたため、いまも柔らかく解れ、潤んでいた。だからたしかに痛くはないが、突然すぎる行為に粘膜も入り口も激しく収縮する。

「んぅ……あ、あ」

いっきに最奥《さいおう》まで埋め込まれてしまう。そして衝撃が収まるのを待つこともなく、抽挿《ちゅうそう》がはじまる。

「あっ、あっ、あん！」

大我は遠慮なく俺の尻に腰を打ちつけてくる。

いきなりこんなひどい仕打ちをされているというのに、唾液の効果によって俺の身体はすぐに順応し、快楽に溺れてしまう。

「陽太。今日もすぐには達かせない。気を失うことも許さないから覚悟しておけ」

「そんな……っ、あ、ぁ、んぁ……っ」

「まずは、ごめんなさいだ」

「ひ……ん、っ……ご、ごめ……っ、ん……なさ……ぁ、あっ、んっ」

「二度と、封印しようなんて思うなよ」

激しい抜き差し。激しい快楽。

気を失うことも許されず、二度と瓦屋には行かないと約束しても、行為は続いた。

けっきょく、大我の怒りが収まるまで延々と抱かれ続けたことは言うまでもない。

# 四

瓦屋から強制送還されてから数日が経過した昼間。

いい天気だったので庭先で洗濯物を干していると、どこかに出かけていた伊西が紙袋を抱えて戻ってきた。

「陽太。いっしょに豆大福を食わんか」

「はっ？」

豆大福を食う？

俺の肩の上にいた豆大福がビクリと震えた。

「これをもらったんじゃ」

伊西がほがらかに紙袋の中を見せる。包みは近所の有名な和菓子屋のものだ。

「もらったって、どちら様から」

「ルート６５のマクドナルド前に住む河童《かっぱ》じゃ」

「河童……？」

「そうじゃ」

「あだ名じゃなくて、本物の？」

「そうじゃ」

「……ルート65というのはどこですか」

６５号線なんて道路はうちの街には通ってない。

「そうか、陽太にはわからんな。妖怪界で呼んでいる、下水道のルートなんじゃが」

河童。下水道に住んでいるのか。

「マクドナルド前に住んでるのにハンバーガーじゃないんですね……」

下水道に住む河童からもらった豆大福。臭わないかな……。

河童、どうやって大福を買ったんだろうな。

「陽太が大福好きらしいと知って、これにしたそうじゃぞ」

「そうですか……お気遣いありがとうございますとお伝えください」

俺はいつのまに大福が好きということになったんだろう。そしてなぜ河童に気遣われているんだ俺。

いろいろつっ込みたいところがあったが呑み込み、紙袋を受けとった。

「陽太、早く食おう」

「じゃあ、お茶を淹れますね」

残りの洗濯物を手早く干し終えると、俺はふたり分のお茶を淹れ、大福を皿に盛って縁側へ運んだ。

縁側から庭を眺める伊西のとなりにすわり、茶と大福を伊西に勧める。

「どうぞ」

彼はしわだらけの顔をほころばせて、大福をひとくちで食べた。

「うむ。うまいうまい。陽太も遠慮せず食べるといいぞよ。残りはみんなやる」

「はあ……いただきます」

伊西が問題なく食べているのを確認し、俺もおそるおそる大福を口に運んだ。

下水道には持ち運ばなかったようで、妙な匂いはせず、うまい大福だった。

縁側に置いた残りの大福のまわりには、子鬼たちがふしぎそうに集まっている。子鬼は大我のしもべのはずなのに、なぜか俺のまわりにいることが多い。

「温泉まんじゅう大福、そんなところにいたら、まちがって食べちゃうだろ」

茶色の肌をした子鬼に話しかけるが、これといった反応はない。

子鬼には目はあるが口がないため会話はできない。注意しても、伝わっているのか微妙だ。伊西が豆大福を食べようと言ったときに豆大福がビクついていたから、多少はこちらの言葉を理解しているようだとは思う。子鬼も鬼と同類で、気まぐれでマイペースなんだろう。

子鬼の数も増えていて、なんとなく大福系で名前を統一している。

用がないときは抱き続けると大我に言われたが、お仕置きと称して抱かれたあの日から、セックスは一日一回だけになっている。そのため子鬼もさほど増殖していない。

行為を一日一回だけにしてくれているのは、俺の体調を気遣ってのことか、質のよい子鬼生成のためなのかは、知らない。

「河童さんは、伊西さんとはどういったご関係なんですか」

「河童は、わしの管轄する下水道管内の主じゃな」

「はあ。伊西さんのしもべとは違うんですね」

「違うのう。わしら鬼は、妖怪たちを取り纏《まと》めているが、彼らは自由に使えるしもべではない」

「仲間とか友だちでもないんですか」

「ふむ。河童はわしとは個人的に仲がよくて、友だちに近いかもしれんが、ちょっと違うかの……人間で言ったら、なんだろうかのう、妖怪界は町内会の集まりに似ているかもしれん」

「ご近所さん？」

「そう、鬼は町内会の役員とか、町内会長みたいなもんじゃ」

「なるほど」

妖怪の世界にも秩序があるようだ。

「それでみんな、よく出かけているんですね」

いまも大我と揺籃は不在だ。べつに家にいてほしいわけではまったくないが、みんなどこでなにをしているんだろうとふしぎだったのだ。

伊西が湯飲みの茶をすする。

「そうじゃの。わしらの仕事はそれだけじゃなく、自然も守っているんじゃ」

「自然？」

「草木や、虫や、動物や」

鬼の特別な力を使って、生態系のバランスを保つ役割をしているのだと、伊西は語る。

「長いこと封印されとったから、調整役がいなくて、自然界のバランスが悪くなっておる。妖怪界もあちこちで揉め事が起きていて、大忙しじゃ」

鬼といったら、昔話では悪役が多いが、じつは大事な仕事をしているらしい。

「と言っても、わしは老いぼれだし、元々力もないから、たいしたことはしとらんがの」

伊西の肩に雀《すずめ》がとまった。

「おうおう、おぬしも大福が食いたいか」

伊西に話しかけられても、雀は逃げない。

彼はその辺のどこにでもいる隠居した好々爺《こうこうや》そのもので、角がなければ鬼とはとても思えない。

でも曾祖父に封印されていたということは、なにかしら悪さをしたのではないのか。

「あの……どうして鬼瓦に封印されちゃったんですか」

こんなことを訊いてもだいじょうぶだろうかと様子を窺うと、伊西が遠い目をした。

「あれはのう……。大我と揺籃が、鬼のあいだでは伝説だった寛一を、あの日、ついにみつけたのじゃ」

「俺の曾じいさんが鬼の伝説？」

「特殊能力を持つ家系の者、ということじゃ。そういう人間がおるという言い伝えはあったのじゃが、どこにいるのかわからんかった」

それが、見つかった。

見つけたのは偶然だったという。

「そうしてふたりで寛一を襲おうとしたのじゃが、いざとなったときに、どちらが先に抱くと言い争いはじめて、そのあいだに寛一に封じられてしまったのじゃ」

「未遂のうちに封印されちゃったんですか」

「油断しとったんじゃ」

曾祖父が優秀なのか、鬼ふたりがまぬけなのか。大我がまぬけならば、まんまと抱かれている俺は大まぬけだが。

しかしあのふたり、俺と初対面のときも言い争ってたよな。成長してないなあ。

「ふたりが封印された理由はわかりましたが、では伊西さんはどうして?」

いまの話に伊西は出てこなかった。大我と揺籃が俺を抱くと言い争ったときも、伊西は争いに加わらなかったな。

「寛一が持っていた酒に惹《ひ》かれてふらりと出てきたら、そのふたりの言い争い現場に遭遇してな。わしも封印されてしもうた」

それって完全に巻き込まれただけじゃないか。

「それはお気の毒でした……伊西さんは、俺の精をほしがらないんですね」

「わしは、あのふたりと比べたら力のない鬼じゃ。おぬしの精を得ても使いこなせないから、抱いても意味がない。ほしいと思わんよ」

伊西の薄い白髪が風にそよそよとなびく。

「そういうことですか……ほかのふたりも伊西さんのように害がなければよかったのに」

「害か」

伊西が笑う。

笑い事ではなく本当に迷惑なのだが、いまいちわかってもらえていないようだ。俺は口をとがらせて茶をすすった。

大福を食べ終えて子鬼を引き連れて台所へむかったとき、大我と揺籃の話し声とともに玄関が開く音がした。

「ただいまー」

廊下で鉢合わせると、揺籃が陽気にあいさつしてきた。

「汗かいたよ。風呂使うけど、陽太もいっしょに入る？」

「いえ……」

揺籃は水浴びが好きなようで、しばしば勝手に風呂を使っている。

鬼たちはここが他所《よそ》の家という認識はないらしい。すっかり住み着かれている。

「大福か」

揺籃のあとからやってきた大我が、俺の持つ盆を見て言った。皿にはあとふたつ大福が残っている。

「……食べますか」

大我に大福をあげる義理はないが、食べたそうにしている彼を無視する勇気は俺にはなかった。

「そうだな。久しぶりだ」

何日か前に伊西に聞いた話では、鬼たちは数日間食べなくても問題ないらしい。たまに食事は必要らしいが、個体差があり、伊西は毎日なにかしら食べているのを目にするが、大我が食べている姿は見たことがない。揺籃は、俺が買ってきた総菜を勝手に食べていたことがいちどあった。

　揺籃が先に台所へ入り、風呂場へむかう。そのあとに続いて台所へむかおうとしていた大我が思いだしたようにこちらをふり返った。

「陽太。屋根裏のネズミたちには、ほかに移るように言っておいたから、明日にはいなくなるだろう」

「あ、どうも」

　屋根裏にいるネズミがときおり騒がしく、食材を荒らされたりもしていたのだが、放置していた。それを昨日「飼ってるのか？」と大我に訊かれたので、違うと答えたのだ。

　大我は恩に着せるでもなく淡々と言って先に歩いていく。

　なにを考えているのかな、などと思いながら歩いていたら、

「うわっ」

　靴下がつるりと滑り、転びかけた。が、大我に支えられ、転倒をまぬかれた。

「だいじょうぶか」

　大きな胸に抱かれ、顔をあげると、すぐそばに野性的な瞳。

　なぜか心臓がドキリとする。

「あ、はい。ありがとうございます……」

　大我は表情に乏《とぼ》しくてわかりにくいけど、三人の中では最も俺に親切で、俺のことをよく見ている、気がする。

揺籃や伊西のような仲間に対するよりも、よっぽど大切にされている、気がする。

それは俺が、大我の子鬼を作れるからなんだろうけど。

「あ、お盆」

手にしていたはずのお盆は、いつのまにか大我の手に渡っていた。湯飲みを落とさずにすんだのは彼のおかげだったらしい。

「昨夜の疲れがまだ残っているのか」

どことなく心配そうに見つめられ、なぜか俺の心臓は鼓動を速める。

昨夜の疲れ、なんて、エロいことを訊かれたせいか。

毎晩俺はこの腕に抱かれ、理性が飛ぶほどの快楽を与えられている。昨夜もすごく気持ちよくさせられて——なんて、思いださせないでほしい。

「だいじょうぶです」

疲れていると言っておけば今夜の行為をまぬかれることができるかもしれないと、口にしたあとで気づいたが遅い。

体勢を立て直すと、大我が俺を追い越して台所へ入っていった。

「これは片付けておくから、疲れているなら休め」

「はあ」

大我はいつもこんな感じで、ちょっとでも困ったことがあったりすると、なにかと助けてくれる。

瓦屋では邪魔されたが、鬼たちを封印しようという思いを、俺はまだ諦めていない。だがこうも親切に接せられると、ちょっとだけ迷いが生じる。

俺、お人好しかな。

無理やり抱かれる以外は嫌なことをされないし、態度は威張《いば》ってたり図々《ずうずう》しかったりするけど、三人とも基本的に優しいんだよな。

廊下にたたずんでいると、伊西がとなりに並んだ。

「ところで陽太、わしは保育園を探してみようと思うのじゃがの、陽太もつきあわぬか」

はっ。そうだ。保育園のことをすっかり忘れていた。

「え……いや、えっと。保育園に、なにをしに行くんですか」

「決まっておるじゃろう。わしの好物じゃぞ」

伊西がにやりと笑った。その笑みは、これまでの好々爺めいたものとはうって変わり、腹黒そうなものだった。

やっぱり子供を食べるのか……！

人がよさそうでも鬼は鬼か。鬼の好物って子供だったのか。そうだ、なまはげだって「悪い子はいねがー」と歩きまわるじゃないか。

「ってことはもしや、伊西さんはなまはげ？」

「うん？　わしは薄いがハゲてはおらぬぞ。陽太が無理なら、河童と行くことにしようかの。河童は保育園を知っているようじゃったし」

伊西がすたすたと玄関を出ていく。

「え、それはちょっと待ってください」

慌てて彼のあとを追い、外へ出ると、ちょうどネズミ一家が我が家を出ていくところだった。

大きいのを先頭に、ちいさいのが一列に並んで総勢十五匹。こんなにいたのか。先頭のネズミが俺たちにむけてちょこんと頭をさげたように見えた。

気のせいかもしれない。

伊西とともにネズミを見送っていると、門のところでこちらを窺うように立っている狸がいた。人間のように後ろ脚で立っているのだ。こちらは俺と目があうと、はっきりと、お辞儀をした。

「こんにちは」

しかも喋った。

「こちらのお宅の、鬼のお三方が復活されたと伺《うかが》ってまいったのですが」

「……狸が喋った……」

「あれは狸の妖怪じゃ。やあやあ、どうなさったかの」

息を呑む俺の横で、伊西が狸に応対し、そちらへ歩いていく。

狸が伊西に深々とお辞儀をした。

「これは伊西さん。お久しぶりです。なんでも雷のおかげで復活できたとか」

「そうなのじゃ。封印していた瓦が壊れての」

「なんと。瓦を壊せば復活できたのですか。そうと知っていたら、手をこまねくことなく、すぐに壊しにまいったものを」

「なんじゃ。なにかあったのか？」

「はい。じつはご相談がありまして」

妖怪といっても見た目はかわいい狸だ。好奇心がまさり、俺もおずおずと近づいてみた。

「ここ数年、妖狐《ようこ》たちが私らのなわばりを荒らし、悪さをして困っているのです。話しあいに応じようともせず、たまりかねて、こうしてこちらへまいった次第です」

「たしか、妖狸《ようり》のなわばりはルート45の河原。妖狐のなわばりはその先の雑木林じゃったな」

「雑木林はなくなりました。いまは大型ショッピングモールが建っています」

「おお、そうだったか。封印されているあいだに、すっかり変わってしもうたなあ。調整が大変じゃ」

伊西が顎を撫で、頷く。

「では、ちょいと様子を見に行くとしようかの」

「ありがたい。ならば、こちらにお乗りください」

言うなり、狸が己の陰嚢《いんのう》を手にした。とたん、袋の皮がびろんと伸び、広がった。伸びる、伸びる。ぐんぐん伸びる。それは見るまに八畳敷きのカーペットのようになった。

「さ、どうぞ」

「うむ」

伊西がその上に乗る。

袋を踏まれて痛くないのか狸。

それでどうするんだ、と見守っていたとき、家のほうから大我がやってきた。

「どうした」

それに答えようと口を開きかけたとき、べつの狸が道のほうから駆けてきて、門内に転がり込んできた。

「た、た、助けてください！　仲間たちが、騙《だま》されて妖狐につかまって……うちの子は、川へ突き落とされて……っ」

「行こう」

大我が表情を険しくし、跳躍する。一足飛びで軽々と塀を越えていった。

伊西を乗せた狸も、袋の端を手に持って、ムササビのように飛びあがった。

わー……。

もう、なんも言えねえ……。

あとからきた狸は狸らしく地面を駆けて、彼らを先導するように来た道を引き返す。

お呼びじゃないけど、俺もなにかの助けになるかもしれないと、狸のあとを追いかけた。

でも狸も大我も速くて、俺はあっというまに置いてけぼりだ。

ルート45というのは知らないが、数年前にできた大型ショッピングモールなら見当がついた。現場はその近くの川だろう。

ひとりで走っていると、後ろから揺籃が跳ねるようにやってきて、俺に追いついた。

「みんな急いで、どうしたの」

「狸が……溺れて。ショッピングモール……ルート45の、川」

走りながら息継ぎの合間に答えると、揺籃に抱きあげられた。

「ああ、狸の縄張りね。了解」

「わっ」

俺を抱いたまま、揺籃が跳躍する。ヒュンヒュンと風を切って跳び、まもなく大我たちに追いつき、河原に着いた。

そこには数十匹もの狸と狐がいた。大半が獣の姿だが、狐の耳としっぽを生やした人間も数人もいる。

狸のうちの数匹は、狐らの手によって川へ投げ込まれていた。川岸へ戻ろうとしても、頭を脚で沈められている。

また、数匹は、木の枝に括《くく》りつけられていた。木の根元には火が焚《た》かれている。

残り十匹ほどは、手足を縛られ、怯えた様子で全員ひとまとめに繋がれている。

その横で、狐が大鍋を火にかける準備をしている。何人前の狸汁を作るつもりだ。

これは大変だ。

揺籃は俺を地面におろすと、大我のとなりに立った。その反対どなりには伊西が立つ。

そして、三人いっせいにロングコートを脱ぎ、空へ投げた。コートが陽射しを受けて翻《ひるがえ》る。その下でスーパー戦隊のように仁王立ちになる三人。

三人とも、ロングコートの下はパンツ一枚とブーツのみだった。

伊西は赤いふんどし。揺籃は白いブリーフ。大我は虎柄のボクサーパンツ。

……うん。みんな、コートの下になにを着てるかふしぎだったんだよね……。大我は俺を抱くときも、コートを脱いだことがなかったし。

鬼だからパンツ一枚でおかしくないはずなんだけど、どうしてこんなに変態っぽく見えるんだろう……。

そういえば伊西、「わしのパンツは」と嬉々として語っていたことがあったけど、ふんどしじゃないか。

傍観《ぼうかん》している俺の前で大我が跳躍し、川へむかった。

彼の身体から大風が巻き起こる。それは離れている俺ですら目を開けていられないほどの威力となり、狐たちに襲いかかった。

突風が狐たちを次々に蹴散《けち》らしていく。それから大我が川へむかって腕をふると、川の水が洗濯機のように渦を巻き、重力に逆らって空へとのぼり、どうどうと轟音を立てて巨大な水柱ができた。それによって狸たちが溺れていた辺りだけ水が引いて川底が覗いた。

溺れていた狸たちは川底にすわり込んだまま動けずにいる。驚きすぎて腰が抜けたのかと思ったが、よくよく見たら、縛られていて動けないのだ。大我が浅くなった川へ入り、動けない狸たちを次々抱えて助けあげていく。

彼の力は圧倒的だった。狐たちは怖《お》じ気《け》づき、誰ひとりとして彼に近づけない。

「すごい……」

これまで、鬼としての能力の片鱗《へんりん》は垣間見《かいまみ》ていたが、本当に強いのだと気づかされる。パンツ一枚にブーツという格好にもかかわらず、大我の動きは雄々しく鮮やかで、目が離せなかった。

彼のそばには見知らぬ鬼がいつのまにか現れ、彼の補助をしていた。大我がその鬼に指示をしているところを見ると、彼のしもべだろうか。

「鬼だぞ！　鬼なんか連れてきやがって！」

大我たちを見て、数匹の狐が逃げだした。

「あれが鬼？　鬼なんて、どこから来たんだ」

「バカ、ひよっこ、いいから逃げるぞっ」

「こりゃ、待つんじゃ」

逃げようとする狐たちの前に、伊西が立ちはだかる。

揺籃はどこからともなく棍棒をだし、それをひと振りした。すると川の水が蛇のように頭をもたげ、火が焚かれている木へ飛んでいき、消火する。

「大我に借りたしもべが役立つよ」

揺籃が満足そうに棍棒を撫でる。しもべとは、棍棒のことらしい。子鬼がミニ棍棒に変身したように、あの棍棒もしもべが変身したのかもしれない。

その揺籃の背後に、狐の耳としっぽのついた男が忍び寄っていた。揺籃は消火活動に集中しているのか、気づいていない。

男が手にしていたナイフをふりあげる。

俺はとっさに駆け寄り、男を突き飛ばした。

「危ない！」

俺と男はいっしょに地面に転がったが、男のほうがいち早く起きあがり、俺に斬りかかってきた。

ナイフがぎらりと光る。

よけられない。反射的に目をつむったとき、

「陽太！」

強風が吹いた。目を開けると俺は大我の胸に庇《かば》われていた。どうやったのか、俺を斬りつけようとしていた男は数メートル先に吹っ飛んで気を失っている。

その間、コンマ数秒の出来事だ。

大我が俺を見おろす。

「だいじょうぶか」

濡れた黒髪のあいだから激しく光る獣の瞳に、胸を射貫《いぬ》かれた。

その熱さと真剣さに心をわしづかみにされ、言葉が出てこない。魅入《みい》られたように男の瞳から目をそらせなくなった。

大我の目は怖いと思っていたのに、なぜかいまは、怖いと思わなかった。

惹き込まれる。

「なぜ、来たんだ。危ないだろうが」

責めるように言われ、俺は我に返った。無意識に、自ら彼の胸に身を寄せていたことにも気づき、慌てて身体を離す。

「ごめんなさい」

揺籃がそばに来て俺を擁護《ようご》する。

「違うよ大我、ごめん。ぼくが連れてきちゃったんだ。陽太、ありがとう。身を挺《てい》して庇ってくれるだなんて、ぼくはなんて言ったらいいいか」

目を潤ませ、感激した様子で見つめられる。

結果的にそうなったというか、身を挺して庇おうと思ったわけじゃないんで、そんなに感謝されても。

「あの、話はあとにしましょう。残りの狸たちを助けないと」

俺のことより、いまは狸だ。

俺の指摘でふたりはふたたび救助に戻った。俺も、手足を縛られている狸たちのもとへ行き、縄をはずしてやる。

鬼と戦おうとする狐は先ほどの者以外におらず、じわじわと逃げだそうとするが、伊西に阻《はば》まれている。伊西はふんどしの中から紐をとりだし、狐たちのしっぽを束にして縛り、逃げられないようにしていた。

そうしておいてから、伊西は自ら自分の手足を紐で縛り、捕獲した狐の前に横たわると、自分を踏みつけろと命令していた。

「おう、おおう！　いいっ、もっとっ！」

怯えた狐に踏みつけられると、伊西は顔を赤らめ、興奮した声をあげた。

なにやってんだよ伊西……。

「はっ」

伊西は俺の視線に気づいて我に返ったようで、狐に行為をやめさせて自らのいましめをほどくと、ふたたび狐の捕獲にとりかかった。

川で溺れていた狸の救助と消火がすむと、大我と揺籃も狐の捕獲に加わった。見知らぬ鬼は狸の解放をしていたが、あらかた落ち着くと、大我の足もとの地面へ沈むように消えていった。

「首謀者は誰だ」

大我が狐たちを見まわす。

「輝楽《きらく》は、ここにはいないな。あいつの命令か」

狐たちがおどおどと頷く。

「住処《すみか》が減ったおまえたちの気持ちもわかるが、こんなまねはするな。あとで輝楽に、うちへ来るように伝えろ」

うちって、俺んちのことですかね。まあ、いいけどさ……。

伊西が狐の一匹だけを解放した。

「すぐに輝楽に伝えるのじゃぞ」

その一匹が逃げるように去っていくのを見送ってから、鬼たちはロングコートを着た。

助けた狸たちは一箇所に集まっている。

「鬼のみなさま、ありがとうございました。なんとお礼を言ったらいいやら」

狸たちが口々に礼を言い、頭をさげる。その光景は、俺に鬼に対する認識を改めさせた。

鬼の役目は妖怪たちの調整役だということだった。妖怪たちを守り、秩序を整えるために、鬼の力は必要なのだ。

鬼自身がいい思いをするためじゃない。

素直に、大我はすごいと思った。彼の力のみならず、彼自身に圧倒される思いだった。

彼女がほしいとか大学生活を楽しみたいなどと軽薄なことばかり考えていた自分がすこし恥ずかしくなる。彼はそんな自分とは次元の違うところに生きているのかもしれない。

「明日、様子を見に来る。狐たちはひと晩放っておけ」

大我は狸たちに告げると、俺をふり返った。

「帰るぞ」

俺は無言で頷いた。

彼の腕が俺に伸び、身体を包まれる。無理やり抱かれたときのような恐怖はないし、拒否する気持ちも起きなかった。

まるで大事なものにふれるかのように優しく腕に抱きかかえられ、身体がふわりと浮く。

厚い胸板と腕の力強さを感じ、俺はすこし高揚《こうよう》した気分で、その腕に自然と身を任せた。

# 五

鬼たちといっしょに暮らすようになってひと月が経とうとしている日曜の朝、洗濯機から洗濯物をとりだしていると、衣類に混じって子鬼が一匹出てきた。気づかずにいっしょに洗ってしまったようだ。

昨夜で二十九匹になった子鬼たちは、俺や大我にくっついていたり、家中をうろついていたりして、うっかり踏み潰しそうになる。

「泡大福、おまえは洗濯物が好きだなあ」

こいつはよく洗濯物に紛れ込んでいる。子鬼たちにも個性があり、行動が様々だ。洗濯物は俺のものだけでなく、鬼たちが使ったバスタオルもある。パンツは各自で洗っているようだ。

なぜ俺が彼らのぶんの家事まで負担しなきゃならないんだと思うし、そもそもなんで勝手にこの家に居着いているんだと思ったりもするが、気弱な俺は直接言えず、内心で文句を垂れつつも、なんだかんだ世話をしている。

「陽太、おはよう」

北側の空き部屋で寝起きしている揺籃が、あくびをしながら洗面所へ来た。

「あ、洗濯物。ぼくも干すよ」

「はあ。ありがとうございます」

狸と狐の一件以来、揺籃はやけに親切になった。

どうも、俺が庇ったことを恩に着ているらしい。

せっかくの申し出なのでいっしょに庭へ出て、物干し竿に干していく。

揺籃がご機嫌で歌謡曲を口ずさむ。

天気のよい朝、鬼と和気藹々《わきあいあい》と洗濯物を干すだなんて、ひと月前の俺には考えられない日常だった。

妖怪やら幽霊の存在なんてまったく信じていなかったのに、最近ではたまに妖怪が家を訪れても、平常心で対応できてしまったりする。人間って順応するものだなあとしみじみ思う。

「大我と伊西さんの姿を昨日から見かけませんね」

「妖狐と妖狸の縄張り争いの話しあいが長引いているんだと思う」

「大変ですね」

他人事のように言ってしまったが、妖狐の住まいがなくなってしまったのはショッピングモールを作った人間のせいなわけで、申しわけない気分にもなった。

「そういえば、妖狐のなんとかさんって、うちに来たんですか」

「輝楽？　あー、それがふてくされていてね。けっきょくここには来てないよ。でもぼくたちの前で反省したし、そろそろ妖狸と和解して、折り合いをつけられそうな雰囲気だよ」

「そうですか。よかった」

「どうして陽太がよかったと思うの？」

ふしぎそうに首をかしげられた。

妖怪界のことは俺には直接関係ないことだけど、でも仲直りできそうでよかったなあと思うのは人として自然な感情じゃないのか。

「そりゃ、争いごとはねえ。やっぱりみんな仲よく平和に暮らしたいですから。三人も、このところずっと忙しそうでしたし、ひと息つけるといいですね」

そう言うと、揺籃が嬉しそうに微笑んだ。

「陽太は人間なのに、そんなふうに思うなんてふしぎだね」

「そうでしょうか」

「そうだよ。人はふつう、妖怪を怖がる。鬼を家に住まわせたりしない」

住まわせているのではなく、勝手に住み着かれただけなんだけど。

「陽太のそういうところ、ぼくは大好きだ」

「はあ。ありがとうございます」

洗濯物はふたりで干したらすぐに終わった。大判のバスタオルが風になびいてすがすがしい。

「これのほかにも、やることがあったら言ってね。手伝うよ」

揺籃が綺麗な笑顔を俺にむける。鬼とは思えないさわやかさだ。

「ありがとうございます。でもいまはなにもないかな」

「あのさ、陽太」

その辺に散らばっていた大福たちを洗濯かごに適当に入れて家へ戻ろうとしたら、腕をつかまれた。

「本当にぼく、陽太が好きだから。陽太の役に立ちたいんだ」

見あげると、照れたようなまなざしとぶつかった。

「はじめの頃は大我とおなじく、その特殊な力に興味があっただけだった。けど、いまは違う。鬼も妖怪も受け入れてくれる、陽太に本気なんだ」

「……はい?」

「鬼を助けてくれる人間なんて、初めて出会ったんだ。こんな気持ち、初めてなんだよ。これってきっと、恋だと思う」

「……はい？　コイ？」

「うん。陽太に恋したんだ。ぼくの気持ちを受け入れてほしいと思ってる」

声に熱がこもる。

「陽太がぼくを受け入れてくれるなら、大我と戦うことも、この地から去ることも厭《いと》わない。それぐらい、本気だ。本気になっちゃったんだ」

揺籃からそんな告白を受けるとは思ってもみなくて、俺はびっくりしてまばたきした。

「えと……どういう意味ですか」

唐突すぎて意味が理解できない。

揺籃が小首をかしげた。

「あれ、通じない？　人間の愛の告白って、こんな感じじゃない？」

愛とか恋とか、鬼の口からそんな言葉が出てくるとは思いもよらず、からかわれているのかと疑いたくなる。

「それってつまり……まさかと思いますけど、俺を恋愛対象として見ているってことですか」

「そうだよ。わかってるじゃないか」

「……俺、人間ですけど」

「鬼は、嫌？」

尋ねる声が真剣味を帯びている。

口調は軽いが、からかわれているわけではなく、どうやら本気らしい。

驚きすぎて、なんと言っていいのかわからない。困って眉を寄せ、つかまれた腕へ視線を落とす。

「嫌というか、その」

揺籃の手の力が強くなった。

「ぼくは大我とは違って、陽太の嫌がることはしない。嫌なら、無理やり抱いたりしないから」

「……以前、強引に押し倒しませんでしたっけ」

「え、ああ、はじめの頃？　あのときは会ったばかりの頃だから、許して。いまは違うから。本当に、きらわれたくないんだ。陽太に好かれたいから、もう、あんなことはしない」

困った。

鬼から告白されるなんて、考えたこともなかった。

いくら親切だって、揺籃は人間ではなく鬼だ。下手なことを言って機嫌を損ねでもしたら、どんなことになるか未知すぎて怖い。

ひと月前の俺だったら、鬼なんて嫌に決まってるじゃないかとすぐに思っただろうけれど、狐と狸の一件で鬼たちを見直した俺は、三人をさほどきらっていない。そう正直に話したら、強引に来られそうでこれまた怖い。

「陽太は、ぼくより大我が好き？」

揺籃の切れ長の綺麗な瞳が、俺の心を探るように見つめてくる。

「あの、どちらがどうということでなく、俺はふたりを恋愛対象として見たことはないから……よくわからないです」

「じゃあ、いまから恋愛対象として、ぼくを見て」

しどろもどろに答えると、性急に次の言葉をたたみかけられ、混乱が増す。

恋愛対象として見てと言われても。たとえばこれが女の子だったら試しにデートにでも行こうかという流れになるんだろうけど、鬼とデートなんて想像つかないし。

「ねえ陽太」

いつのまにか、俺の腰は彼に抱き寄せられている。

「大我は、陽太のことを子鬼製造器としか思ってないよ。でもぼくは――」

『子鬼製造器』と言われたとき、なぜか胸がちくりと痛んだ。

そのとき、風にそよぐバスタオルの陰から、大きな男が現れた。大我だ。

「揺籃」

大我が揺籃を睨む。

「ああ、大我。お帰り」

揺籃が醒《さ》めた声で対応する。

「早かったんだね。あと一日ぐらいかかると思ってたよ」

大我の視線が俺の腰にまわされた揺籃の腕に刺さる。

「陽太には手をださない約束だろう」

「陽太がよろけたから支えただけだよ。ちょっとさわるだけでも怒るなんて、余裕ないね」

「それだけじゃないだろう」

揺籃が俺の腰を解放し、でも腕はつかんだまま、大我にむき直った。

「話、聞いてた？　じゃあ話は早いや。大我に借りたしもべは返すよ。だから約束はなかったことにしてもらう」

揺籃の口調は軽いが、表情は真剣だった。

大我が瞳を光らせ、凄む。

「そんな話が通じると思うか」

「あの、ふたりとも落ち着いて」

おどおどと口を挟んだら、大我に睨まれた。うう、怖いってば。

「陽太。来い」

拒むことは許さないとばかりに、右手を差しだされる。

俺の意思はべつとして、俺の身柄の所有権は大我にある、というとり決めがされているわけなので、ここは大我に従ったほうが穏便《おんびん》にいくだろうと判断し、彼のほうへ歩きだした。

俺の腕をつかんでいた揺籃の手は、引きとめるように一瞬だけ力が入ったが、すぐに力が

抜け、腕から離れていった。

告白の途中だった揺籃にちょっと悪い気がして、俺は彼に目配せしてみた。

そのときは気づかなかったが、どうもその行為は大我の不興を買ったらしい。乱暴に身体を担ぎあげられ、家へ連れ込まれた。

俺の部屋へ入ると、ベッドへ身体を放り投げられた。

「うわっ」

大我が俺の上に覆いかぶさってくる。

「いまのは、なんだ」

「な、なんだって言われても……」

「あいつに目配せしていただろうが」

「あ、あれは、話の途中だったから……悪かったかな、と思って……」

「揺籃が、いいのか」

ぎらつく瞳が脅すように俺を見る。

「まさか、おまえのほうから色目を使ったんじゃないだろうな」

「へ？　と、とんでもない！」

ぶるぶると首をふって否定するが、大我の疑いは晴れない。

「口説かれていただろう。ほかに、なにをされた。なにをしていた」

「べつに、なにも、そんな……」

「これまでにも、ああやって俺に隠れて、あいつを誘っていたのか」

大我の手が痛いほど俺の肩に食い込む。

「だとしても、諦めろ。俺はおまえを手放すつもりはない」

人の気持ちをまるで無視した命令口調。だが、どこか切羽詰まったような必死さが言葉の端に漂っていた。

なぜ、と思ったが、たぶんそれは揺籃に俺をとられたくないからだろう。

大我は、子鬼を作れる俺の身体を手放したくないのだ。

俺じゃなくても、特殊能力がある人間ならば誰だっていいはずだから。

揺籃が言っていた。大我は俺のことを、子鬼製造器としか思っていないと。俺の能力にしか興味がないと。

曾祖父に手をだそうとしたように、俺にも手をだした。家にいたのが俺でなく祖父や父だったとしても、おなじように手に入れようとしたのだろう。

そんなことははじめからわかっていることなのに、改めてそれを思ったら、なぜだか急に胸が痛くなった。

なんだこれ。おかしいな。

ほんとに、キリキリと締めつけられるように胸が痛い。

「陽太。俺を見ろ」

胸の痛みに気をとられてうつむいたら、苛立ったように命令された。べつに俺は揺籃のことなんてなんとも思っていないけど、なんとなく反発心が湧き、命令に逆らって目をそらし続けた。

「陽太」

もういちど強く名を呼ばれる。それでも頑《かたく》なに拒んでいたら、チッと舌打ちが聞こえ、顎をつかまれ、強引に唇を重ねられた。

唇を割られて熱い舌が口内へ入ってくる。俺の舌に絡みつき、唾液を飲み込まされる。

とたんに快感が広がり、身体が熱くなる。

「ん、ぁ……朝なのに、するんですか」

「夜がよければ、今夜も抱いてやる」

「そうじゃな……あ……」

「それとも夜までこのまま抱き続けてやろうか」

「やだ……、ぅ……」

いつもは快感に流されて抱かれてしまうのだが、いまは唾液を飲まされても、大我のいいようにされたくない気がした。

子鬼製造器という言葉と胸の痛みが引っかかり、反発心が持続している。

それなのに身体は意思に反して男の舌に快感を覚え、熱く燃えてしまう。

部屋着のTシャツを捲《まく》りあげられ、胸元を舐められる。乳首はいじられず、そのまわりを焦らすように舐められ、もどかしさに唇をかみしめる。

「や……、ぁ、やだ……」

「嫌なら、どうしてほしいか言ってみろ」

大我に舐められたところはどこもかしこも気持ちよくなるのだが、元々敏感な場所のほうが快感は強くなる。俺の身体はすでにそれを知っているから、もっと強い快楽をほしがった。

「俺に、どうしてほしいんだ。陽太」

大我はわかっているくせに、乳首のまわりだけを舐め、突起に息を吹きかける。

「言わないと先に進まないぞ。抵抗するだけ、自分が苦しくなるだけだ」

悔しい。だがその通り、従わないと自分が苦しむだけで、耐えようとすればするほど腰が淫らに揺れてしまった。

「っ……、乳首……舐めて……、ほし……」

耐えかねて欲望を口にすると、むしゃぶりつくように乳首を口に含まれた。

唇で吸われ、突起を舌先で押し潰される。その刺激でちいさな突起が硬く勃《た》ちあがると、舌全体でれろっと舐められ、こねまわされる。

「ん……あ、っ……は……」

気持ちよくて、まなじりから涙が溢れる。

ちょっとキスされて、乳首を舐められただけで俺の身体は汗ばむほど熱を持ち、中心が勃ちあがってしまう。

毎晩のことだから大我も熟知している。ズボンと下着をおろされ、脚を開かされる。

普段の彼は、俺の中心を刺激しようとしない。俺が先に達かないようにいましめるだけなのだが、今日は違った。

乳首から早々に唇を離すと、中心を口に含んだ。

「え……、や、やだ……っ、あ、あっ」

快感を引き起こす鬼の唾液に包まれて、そこが爆発的に熱を持つ。

そんなふうにそこを気持ちよくされても、きっと達かせてもらえないのだ。とっさに男の頭を引き剝がそうとしたが、俺の力では到底びくともしない。張り出た部分をたっぷりと唾液で舐められて、腰が甘く痺れ、背筋がのけぞった。

「や、ぁ……あ、ふ……ぁ、あ……」

先端から根元まで舐めまわされ、達きたくなる。しかし案の定根元をきつく握られて、達かせてもらえない。

袋も口に含まれ、脚の付け根も舌を這わされ、敏感な場所を濡らされて快感が増していく。

そしてさらに大きく脚を広げられ、最も敏感な後ろの入り口にも舌を這わされ、中に差し込まれた。

「あ……あ……」

中の粘膜を舌で濡らされながら、中心を緩くしごかれる。しかしもう一方の手で根元を締めつけられたままだ。

「ゴマ大福」

大我がふいに子鬼の名を呼んだ。顔にブツブツのある子鬼がベッドに飛び乗る。

「いましめになれ」

子鬼がリングの形になる。それは今回が初めてではなく、以前にもなんどか経験している。

「あ、あ……や、いやだ……っ、大我……っ」

なにをされるか知っている俺はおののいた。だが抵抗するまもなくリングは俺の中心にはまり、根元をきつくいましめた。

両手が自由になった大我は、さらに大胆に俺の身体を貪りだす。

「あ……や……ぁ、……っ」

快感が出口を求めて身体中を駆け巡り、内股が痙攣し、つま先に力がこもる。

耐えきれずに男の髪をつかむ俺の指が震える。愉悦の涙が次々零れ、拭うこともできずに頭を打ちふるう。

「おまえは俺に抱かれると、いつも『やだ』ばかりだな。身体はこんなによがっているくせに」

大我の舌は俺の中に唾液を送り込むと、そこから離れた。代わりに指を差し込まれる。そうして指を抜き差しされながら、中心をふたたび咥《くわ》えられた。

「や、ああ……っ」

快感が強すぎておかしくなりそうだ。達きたいのに達けない。決定的な刺激と解放がほしくて、泣きながら喘いでしまう。

「陽太。ほしいのなら、俺がほしいと言ってみろ」

言えば、望みのものをもらえる。もう反発心など抱いていられず、俺は快感でろれつのまわらない舌を必死に動かした。

「ほしい……っ、大我の……っ」

息があがってかすれた声で言うと、後ろから指を引き抜かれた。前はいましめられたままだが、刺激はやんだ。そして身体をひっくり返されて、うつぶせにされた。まるで干上がったかえるのように脚を左右に開かされ、入り口へ猛りをあてがわれる。

ああ。来る。

シーツをつかみ、巨大なものを待ち受ける。

グッと圧をかけられると、俺のそこは蕩けるように柔軟に口を開き、易々《やすやす》と呑み込んだ。

「ああ……」

熱くて、太くて、たまらなく気持ちいい。

そこを広げられる快感で、思わず吐息が漏れる。

毎晩抱かれているおかげで、大我を受け入れることにはかなり慣れた。俺の意思とは関係なく粘膜は勝手に収縮し、肉棒に淫らに吸いついて離そうとしない。もっと奥まで入ってきてくれというようにヒクヒクと蠢《うごめ》き、男に快感を与える。

力加減もできるようになり、肉棒が先端から根元まですべて収まると全体をきゅっと締めつける。そうすると、猛りの拍動が粘膜越しに伝わった。

「いい具合だ。うまくなったな」

大我が満足げに息を吐き、腰を動かしはじめる。奥まで埋まっていたごつごつしたものが、全体をこすりながら抜けていく。唾液の催淫成分が粘膜の隅々まで広げられるのと、いい場所をこすられる、両方の快感で身体中が痺れながら溶けだし、あられもなく声をあげた。

「あ……っ、あ……ぁ、ん」

猛りを押し込まれるごとに、繋がっている場所から濡れた音が響くのも、興奮を駆り立てる。

「俺にされるのは気持ちいいだろう」

気持ちよかった。ひと突きされるたびにそこから蕩けるような快感が溢れるほど湧き、涙がとまらなくなるほど気持ちいい。

でも、与えられる快感とおなじぐらいに辛い。

達きたいのに達けない苦痛がこれまで以上に増し、理性が壊れていく。

「揺籃が相手じゃ、こうはならないぞ」

快感と苦痛にさいなまれ、すぐそばでささやかれているはずの声が遠く聞こえる。

大我が達ってくれないと、俺は達かせてもらえない。早く達ってほしくて、彼の腰の動きにあわせて俺も淫らに腰をふる。

「ん……っ、ァ、あ……ん、達かせて……っ」

身体が熱くてたまらない。のどが干上がり、息があがる。己の荒い呼吸音と喘ぎ声ばかりが耳につく。

「陽太。聞こえているのか」

大我に話しかけられているのはわかったが、頭は快楽と苦痛と達きたい欲求で占められていて、答える余裕がない。

「誰に抱かれているか、わかっているか」

「あ……っ、あ……」

「いま、誰に抱かれて気持ちよくなっているか、よく見てみろ」

大我は身体を繋げたまま、器用に俺の身体を起こした。そしてあぐらをかいた上に俺をすわらせ、脚を開かせる。

「陽太。前を見ろ」

「え……」

言われるままに顔をあげてみると、視線の先には壁掛けの姿見があり、俺たちの姿が正面から見えた。

俺の勃ちあがった中心も、大我と繋がった部分もしっかり映っている。

ものすごく太い男の猛りを嵌《は》め込まれている俺のそこは、とんでもなく広がって、いやらしくヒクついていた。

「やっ、やだ……！」

「嫌じゃないだろう」

大我が俺の膝裏に手をかけ、身体を持ちあげると、埋まっていた彼の猛りが中程まで鏡に映しだされた。太い茎は濡れており、浮き出た血管のおうとつが目立って卑猥だ。

そしてまた、埋め込まれていく。

「あ……あ……」

ゆるゆると抜き差しされ、それが出たり入ったりする光景を見せられる。

体勢のせいか、ずぷんずぷんと音がする。恥ずかしさで全身が赤くなる。

嫌だと思うのにますます身体が興奮し、熱くなってしまう。

あまりのいやらしさに、見ていられなくて目つむったら、目を開けろと言わんばかりに下から激しく突きあげられた。

「あう、あっ、あっ」

いいところを強くこすられ、痙攣するように顎をのけぞらせたら、男の顔が寄せられ、無理な姿勢でくちづけられた。

「んん……っ」

しっとりと唇を吸われ、唾液を補給される。

まるで火にガソリンを投下したように、身体の奥で快楽がさらに燃え広がった。

飲み込みきれずに唇の端から唾液が零れる。その感触すら快感で、舌を伸ばして口の端を舐めようとしたら、舌を強く吸われ、甘く絡められた。四肢に力が入らない。男の胸に背をもたれさせたら、中にいる猛りの角度が変わり、新たな快感に襲われた。

もう、どうにかしてほしい。どうしたらいいのかわからないほどの快楽を与えられ、頭がおかしくなりそうだ。

「陽太」

唇を離されると、どこかせつなげに名を呼ばれ、身体を揺さぶられた。

「あ……んっ」

「揺籃より、俺がいいと言ってみろ」

奥を抉《えぐ》られながら、ささやかれる。

「言えたら、達かせてやる」

そんなことを言わせて意味があるのか。揺籃に抱かれたこともなく、比較などできるわけないのに、なぜ言わせようとするのか理解できなかったが、それで達かせてもらえるならと、小声で震えながら口にする。

「っ……、大我が、いい……」

しかし、彼はいましめを解放してくれなかった。変わらぬペースで奥を突かれる。

「大我……っ、や、あ……早く……っ」

「まだだ。あとひとつ、言ってみろ」

そう言っておきながら、大我はためらうように口を閉ざした。それからなんだか気弱そうに、語調を弱めて続けた。

「……俺が、好きだと……言ってみてくれ」

「……え……?」

そんなこと、どうして言わなきゃいけないんだ。

ためらっていると、突きあげが激しくなった。

「あ、ああっ……ぁ、やっ！」

「達かせてほしいんだろう」

言えば解放される。たぶん今度こそ解放してくれるだろう。

でも好きだなんて、簡単に言える言葉じゃない。肉体の快楽のために、ほしいだの、どちらがいいだの言わされるのとは質が違う。

なぜ好きだなんて言わせようとするのだろう。

大我は俺を貶《おとし》めたいのだろうか。プライドのない男だと笑いたいのだろうか。

わからない。快楽に翻弄され、考えがまとまらない。

しかし言いたくないという気持ちは明確にあった。

達かせてほしいがために、これまで彼の求めるままに口にしてきたけど、そこまで言いなりになりたくない。

俺は首を横にふった。

「嫌だ……っ」

理性に欠ける状態だからこそ、逆にはっきりと口にした。

大我の動きがとまる。

「……嫌か」

「嫌、だ……っ。あなたなんて、きらい、だ……っ」

口にしたあとで、きらいとまで言ったのは言いすぎだったかもと思った。

拒否したから、もっと辛い仕打ちを受けるかもしれないと恐怖に襲われながらも彼の出方を待っていたのだが、沈黙が続いた。

彼がどんな表情をしているのか、鏡を見ればわかるだろうが怖くて確認できない。

やがて、ひっそりと、やるせなさそうなため息だけが聞こえた。

「ゴマ大福、離れろ」

淡々とした命令ののち、リングがはずれ、中心を解放される。そして動きが再開された。

「あ、ああ……っ！」

立て続けに奥を突きあげられ、俺は導かれるままに熱を放った。

放った熱はいつもと同様、子鬼になる。今日の子鬼は頭が光っていた。

「で……電灯《でんとう》大福……っ」

名付けをすませると、楔を抜かれて身体を解放される。

俺は脱力して横たわった。

長く焦らされ、耐えたあとの解放感で、しばらく頭が真っ白になってしまう。

心臓が痛いほどに疾駆していたのを、ことが終わってから自覚し、乱れた呼吸を整えていると、大我が俺のひたいに手を伸ばし、汗を拭ってくれた。

見あげると、どこか痛そうな表情をして俺を見つめていた。

最後の言葉を言わなくても許されたのは、どうしてだろうとぼんやり思う。

どうしても言わせたいわけでもなかったのか。大我も達きたくなってどうでもよくなったか。

いずれにせよ、彼にとってはたいしたことじゃなかったのだろうと思った。

胸にもやもやしたものが残る。

大我にとっては戯《たわむ》れなのだろうし、改めて真意を訊くようなことではないけれど、だからこそよけい、口にだせなくて胸に引っかかる。

どうしてだろう。

しばし考えて、もやもやの原因に行き着いた。

大我が俺に好きだと言わせようとしたのは、彼が「好き」という人間的な感情を軽く考えているためだと思えたのだ。

好きだと口で言わせれば、俺の感情もコントロールできると考えているんじゃないかと思えたからだ。

人の気持ちは、そんな簡単なものじゃない。強要して言わせたって、意味がないことなのに。

いまの俺は、彼に抱かれることに対してはじめの頃ほどの抵抗感がない。相手は鬼だからしかたがないという諦めの境地と、慣れというのもあった。

狸と狐の一件から、大我が私利私欲のために力を必要としているわけではないのだと、気づいたせいでもある。

妖怪界の秩序を守るためには、鬼には力がなくてはいけないのだろうと理解している。

俺も男で、気持ちいいことは好きだ。いつも気持ちよくしてもらっているし、最近はさほど嫌がらずに言いなりになって抱かれることが多い。でもいま、彼に抱かれるのは嫌だな、と思った。

大我とのセックスは、やっぱり辛い。

肉体的に辛いのではない。

精神的に堪《こた》えるのだ。

俺は、セックスという行為は基本的に愛情の発露《はつろ》ととらえているが、彼とのセックスには感情が介在しない。

俺は大我に、鬼の力を増幅させる道具のように扱われるのが嫌なのだ。俺の感情を無視して、所有物のように扱われるのが嫌なのだ。

大事にしてもらえているとは思うが、それは「道具として」だろうから。

電灯大福がベッドからおりていくのが視界に入り、子鬼製造器という言葉が脳裏によみがえる。

室内には数匹の子鬼がうろついている。彼らを見ていたら、無性にむなしく、悲しい気分になった。

大我にとって俺は、子鬼を作ることしか存在意義がなく、しかもその子鬼はたいして役に立たない。

もやもやした気持ちを抱え、いっそこの思いをぶつけてしまおうかと口を開いたとき、俺を見つめていた大我がなにか言いかけた。

「俺はおまえが――」

しかし意味のあることを言う前に、ためらうように口を閉ざしてしまった。

「……いや。いい」

俺から目をそらしてベッドからおりようとする。その横顔は、やはりどこか痛そうだ。

言いかけてやめるなんて気になるじゃないか。

「なんです？」

言葉の続きを促そうとしたとき、視界の端にいた子鬼たちの動きが俺の意識を奪った。

部屋にいたのは数匹だったのだが、いつのまにか数が増えていた。たぶん三十匹すべての子鬼が集結していそうだ。

彼らは部屋の中央にわらわらと集まっていて、山のように積みあがっていた。なにをする気だ。

見ているうちに、子鬼はひとつに融合し、餅《もち》のようになった。と思ったらうねうねと膨れあがり、形を変え、ひとりの人間の姿になった。

はたちぐらいの精悍《せいかん》な男である。大我に似ているが、大我よりもずっと優しそうな顔立ちだ。

い。

「……へ？」

白かった色も褐色になり、髪も生えている。頭頂部には白い角が一本。パンツは穿いてない。

「……なに……？」

「やっと、使えるしもべになったな」

大我が落ち着いて言う。

子鬼だった男が、俺たちにむかって厚い胸に右手を当て、直立不動の姿勢をとる。

「父上、そして、母上」

元子鬼は、俺にむかって母上などと言いやがった。

「は……母上ぇ……？」

「はい」

元子鬼は、にこりとさわやかな笑顔を見せた。

「我が名は大福。どうぞなんなりとご用命ください」

今度は俺が名付けなくても、自ら名を名乗った。

三十パターンも大福系の名前をつけ続けた末にできたものが、けっきょく大福なのか。

「はあ……」

ついていけなくて、白目をむきそうだ。

# 六

子鬼が全裸なのは気にしていなかったが、大の男に全裸で家の中をうろつかれるのは落ち着かないので、大福には俺の服を貸してやった。カットソーにデニムという、ふつうの格好だ。

「母上」

「ん、なに」

大福誕生から一日が経過し、俺はすでに彼に母上と呼ばれることに慣れてしまっている。己の順応力の高さが恐ろしい。

「洗濯はやりますから、そのままにしてください。食事も、食材を用意していただければ作ります」

「えっ。料理できるの」

「はい」

助かるなあ。

大福は大我のしもべのはずだが、俺の言うことも聞いてくれるようだ。俺は彼の申し出に甘えて、家事をいっさい任せることにした。

空いた時間をどう有効利用しようかと思いながら、大学へ行くために玄関で靴を履いていると、揺籃が見送りに来た。

「陽太、シャツの襟が曲がってる」

彼の手が俺の襟元へ伸びてくる。

「大我に邪魔されてうやむやになっちゃったけど、昨日のぼくの話、覚えてくれてる？」

「あ……はい」

「よかった。ぼくのこと、恋愛対象として見てね。いい返事を待ってる」

「えっと……」

「いますぐ返事しなくていいよ。まだわからないだろう？　これから、ぼくのことを教えてあげるから」

甘く色気に満ちたまなざしで見つめられ、俺はどぎまぎして目をそらした。

「なにもしないよ、まだ。いってらっしゃい」

揺籃がくすりと笑い、襟から手を離す。

「……行ってきます」

揺籃に笑顔で見送られ、俺は複雑な気分で玄関を出た。

きらわれるよりは好意を抱かれるほうが嬉しいけれども、鬼に恋愛対象として見てくれと言われても、ピンとこないというのが正直なところだ。

彼を好きになる自分が想像できない。

もし彼が鬼ではなく人間だったらと想像してみても、やっぱり友だちとしか思えないだろうなと思う。

「困ったな……」

いますぐ返事はしなくていいと言われたが、いつかはしなくちゃいけないだろう。

どうしようかな、と揺籃のことを考えていたのに、俺の頭にはなぜか大我の面影が浮かんだ。

俺の力を独占したいがために、揺籃との仲を疑って、怒った大我。

もやもやした気分は昨日からずっと続いている。彼にとって自分は子鬼製造器でしかないという事実、それが錆《さ》びた針となって俺の胸の柔らかいところを抉るようにつつく。

怒り、ではない。

なんだかとても悲しくて、うちひしがれた気分だ。

なんでこんな気分になるんだろう。

人間としての尊厳を踏みにじられているのだから、不快な気分になって当然と言えば当然なのだが、そういうのとは、なにかが微妙に異なる気がした。

俺は、大我が俺を人として認めてくれたら、満足なのだろうか。

無理やり抱くのをやめてくれたら満足なのだろうか。

認められることと、抱かれなくなること。どちらかを選択できるとしたら、俺は……認められるほうをとるだろうか。

もし彼が俺を認めてくれたら、抱かれることも、許せるかもしれない……。

人として、というだけでなく、もし大我が揺籃のように、俺を好きだと言ったとしたら……。

「って……なに考えてるんだ俺」

俺は大我に、揺籃のように好きだと言ってほしいのか。まるでそれを望むように思考が傾いていることに気づき、思わず口元を覆った。

俺は、大我が俺のことをどう思っているのか、すごく気になっている。

じゃあ俺自身は、大我のことをどう思っているんだ。

以前はとても怖かった。いまは、前ほど怖くないけど——それだけ?

「……。それだけ、だろ?」

俺は自分に言い聞かせるように呟いた。

ほんと、なにを考えているんだよ。

足をとめ、自分をとり戻そうと首をふる。

変なことを考えて、血迷うなよ。

俺は彼女を作って大学生活を謳歌するという夢をまだ諦めていないのだ。なし崩しに鬼たちと共同生活を送っているけれど、ふつうの生活をとり戻したいと思っているのだ。

ふたたび歩きだして家の門へむかっていくと、倉と工房が視界に入り、思考がそちらへ移った。

工房の中は、祖父が瓦作りをしていた当時のまま残っているはずだった。

基本的な作り方は先月学んだし、俺にも瓦を作れるだろうか。

家事が楽になって空いた時間は、瓦作りに挑戦してみようか。

道具は揃っているだろうし、粘土があれば、試すことぐらいはできる。

「……封印か……」

呟いて、その言葉の重さにためらいが生じた。

先月の自分だったら、思い立ったが吉日とばかりにすぐに工房を開けているだろう。鬼を自分の手で封印することに迷いはなく、自分に瓦が作れるかということだけが問題だった。

でもいまは、若干の迷いを覚えている。

俺は、大我を封印できるのだろうか。

揺籃や、伊西も。

俺は彼らを封印できるのか。封印したいと思っているのか。

封印せずとも、家から出ていってもらえたらそれでいいのか。

家から出ていってくれても、大我は俺を抱きに来るかもしれない。そうしたら彼女なんて作れない。とするとやっぱり封印したほうがいいのか。

自問しても答えは出ず、浮かない気分で門を出ると、道のむこうから歩いてくる大我と出くわした。

胸がドキリと高鳴り、緊張する。

「あ……」

「出かけるのか」

「はい」

彼の瞳が見おろしてくる。その目に見つめられると、畏怖《いふ》と緊張で、狙われた小動物のように動けなくなる。

でも怖いだけじゃない。得体の知れないべつの感情も混在していて、それが胸を高鳴らせ、頬を熱くさせた。

いまは前ほど怖くなくなった、それだけだ、と結論をだした直後だというのに、俺の心の動きは結論と矛盾していた。

「その前に、ちょっとつきあえ」

大我は俺の腕をつかんで、家へむかった。

「え、あのっ」

俺は出てきたばかりの家へ連れ戻されてしまった。

「な、なんなんです、俺、いまから学校に行かなきゃ……っ」

「すぐにすむ」

大我は面倒くさそうに俺を肩に担ぎあげると、階段をあがり、俺の部屋へ入った。俺は靴も脱いでいないのに。

ベッドへおろされ、大我もベッドにあがってくる。

まさか、いまから抱く気なのか。

「ズボンをおろせ」

やっぱりそうなのか……！

横暴すぎる命令に、俺は身をすくめて拒んだ。

「あの、ほんとに、いまは無理ですよ……っ！」

「抱こうとしてるんじゃない」

大我は嫌がる俺を押さえつけ、無理やり俺のズボンをおろした。そしてコートのポケットから、手のひらサイズの楕円形の物体をとりだした。

「これを中に挿れておけ」

それは以前挿れられたミニ棍棒ではなく、表面にツブツブはない。シリコン製のようで、つるりとしている。

「それって……バイブ……?」

尻に挿れろということは、それしか考えられず、顔面が青ざめる。もうあんな思いはしたくない。

「違う。これは動かないから安心しろ」

「え、あ、やだっ」

それがなんなのか、満足な説明もなく挿れられてしまった。

「俺の念を入れて加工した栓だ。これを挿れておけば、もし揺籃に襲われてもやられることはない」

俺の貞操を守るための道具だという。

「な、なんでこんなことするんですか……っ」

「用心のためだ」

「なんの用心ですかっ。揺籃はあなたと違って、無理やり俺を抱いたりしませんっ」

大我が不愉快そうに眉をひそめた。

「なぜそう思う。俺のほうがあいつのことをよく知っている」

大我は突き放すように言い、栓を挿れ終えるなりズボンを直しもせずに部屋から出ていった。

ひとり部屋に放置された俺は、呆然として彼の出ていった扉を見つめた。

「なんで……」

無性に悲しくて鼻の奥がツンとし、涙がひと粒零れた。

尻の中に入れられた物体の異物感が悲しい。彼にとってはこの物体も俺も等しく道具でしかないのだろうか。

「そう、なんだろうな……」

ひどいことをされていると思う。

そう思うのに、俺は気づいてしまった。

ひどい仕打ちだと思うのに、彼を憎むことができない。こんなことをする彼の心を知りたいと思ってばかりいる。

俺は、もしかしたら大我に惹かれているのかもしれない。

だから怒りではなく、悲しみが胸に広がるのかもしれない。

「そんなこと……あるはず、ない」

人の気持ちを無視して強姦するような相手に惹かれるなんて、そんなの絶対おかしい。ありえない。

口にして否定してみるが、言葉が感情の上を滑っていっただけで、いっそう悲しみが増した。

やっぱり、そうなのか？

俺、大我のことが……。

でも人を好きになるのって、もっとどきどきわくわくするものじゃないのか。いまの俺は苦しくて惨めで、解放されたいのに逃れることができず、火傷《やけど》したようにひりひりと胸が痛いだけだ。

「どうして鬼なんかに……」

考えれば考えるほど惨めになりそうで、思考をとめてのろのろと起きあがり、ズボンを直した。

尻に挿れられたものは、ミニ棍棒ほどの異物感はなく、内部に馴染《なじ》んでいた。入っていることは感じるが、歩くのに不都合はなかった。

俺はすべての感覚を麻痺させて大学へむかった。またもや変なものを挿れられているのに出かけるのもどうかと思うが、休むよりも家から離れたほうが気持ち的にマシな気がした。

大学へ着くと、淡々と講義を受けた。大我の言った通り、異物が勝手に動きだすことはなく、午後になると挿れられていることも忘れるほど馴染んでいた。

そのあとはサークル活動があった。今日は、スポーツする人の躍動感ある写真を撮ろうというテーマで、事前に陸上部に撮影許可をもらっている。

花純ちゃんもいて、目があうと、手をふって合図してくれた。

今日もあいかわらずかわいい。落ち込んでいた俺の心がすこしだけ和んだ。

みんなで運動場へむかっていると、花純ちゃんが俺のそばに近づいて、話しかけてきた。

「陽太くんは、どの種目を撮るか決めてる？」

「うーん、棒高跳びとか、どうかなあと思ってる。光をうまく加減できたらいいな、と。花純ちゃんは？」

「迷ってたところ。棒高跳びもいいね。私もいっしょに撮ってもいい？」

「もちろん」

棒高跳びは運動場の片隅でおこなわれており、俺たちはできるだけ邪魔をしないように撮影をはじめた。

「動いているのを撮るのって、ピントをあわせるのが難しいよ～」

俺たちの写真サークルは本格的に技術の向上をめざすというよりも、みんなで楽しくやろうといった雰囲気で、俺も花純ちゃんも初心者だ。カメラ任せでわいわい言いながら撮って見せあい、適当な時間で切りあげた。

「陽太くんは、人物撮るのうまいよね」

集合場所へ戻りながら、背の低い彼女がにっこり笑って俺を見あげる。

「そんなことないよ。でも、風景よりも、人物のほうが好きかも。今度、お祭りなんかも撮りたいと思ってるんだよね」

「わ、ほんと。私もそう。今度の日曜日、そこの神社でお祭りがあるでしょう」

「それ、行ってみようかと思ってた」

「わ、ほんと？　私も行こうかなって思ってたんだけど、ひとりでカメラを構えるのもちょっと恥ずかしい気がして、迷ってたんだよね」

「じゃあ……いっしょに行く？」

「うん。行こう行こう」

さっそく待ちあわせの時間と場所を決め、そしてついに、というかあっさりと、花純ちゃんの携帯番号を手に入れることに成功した。

人生初のデートである。

彼女にとってはデートというより純粋に写真撮影したいだけなのかもしれないが、デートには違いない。

それなのに大我の面影がちらついて、気持ちは浮かない。

せっかくデートの約束ができたのだから、喜ばないと損だ。これがきっかけで交際に発展するかもしれないし。

そう思って無理やり気持ちを鼓舞してみるがうまくいかない。

心を動かすには身体を使うといいのだとどこかで聞いた記憶を思いだし、帰りのバスからおりてスキップで家まで帰ってみたら、庭で伊西と大我と大福がバーベキューの準備をしていた。

大我の目がこちらにむき、俺はとっさに視線を伊西のほうへむけた。

「おお陽太、今日は河童から鯛《たい》をもらったのでな、ここで焼こうと思うんじゃ」

「鯛をバーベキューですか？」

どんな調理をするつもりなんだ。

「酒や野菜は妖狸からもらった。陽太のぶんもあるぞよ」

俺は荷物を玄関に置いて、彼らに混ざった。揺籃は見まわり中とのことだった。

大福に焼いてもらい、そばに用意されていた椅子にすわって食べはじめると、すでにほろ酔いの伊西が言った。

「今日はずいぶんと機嫌がいいんじゃのう」

「え、俺ですか？」

「弾みながら帰ってきたではないか。いいことでもあったか」

機嫌がいいどころかかなり沈んだ気分だったのだが、落ち込んでいると大我に知られたくなくて、俺はあえて嬉しそうに笑った。

「じつは今日、デートの約束をしたんです」

「でえと？　それはあれじゃな、年頃の男女が婚前にいちゃいちゃと……」

まちがいではないと思うけれど、たぶん来週のデートでいちゃいちゃすることはないよなあと思いつつ聞き流していたら、黙っていた大我が口を挟んだ。

「それはいつだ」

ちょうどそのときポケットに入れていた携帯が鳴った。大我と話したい気分ではなかったので助けられた気分でとりだす。

「今度の日曜――あ、花純ちゃんからだ」

「花純?」

「ええ、そのデートの子」

頷いた次の瞬間、ふいに大我の手が伸びてきて、携帯を奪われた。そしてぐしゃりと握り潰し、破壊された。

「うわあっ!」

なんてことをするんだ!

壊れた携帯は地面に捨てられた。俺はそれを慌てて拾いあげた。急いで拾ったところで、すでに粉々でどうしようもないのだが。

「ひどい。このスマホ、父に大学合格祝いで買ってもらった高いやつなんですよ!」

「その日は、家から出るな」

俺の文句など意に介さず、大我は傲慢《ごうまん》に言い放った。

「はあっ?　なんでっ」

「なんでもだ。出かけるつもりなら、部屋に閉じ込める」

「はあっ?」

意味がわからない。

「食事はもういいな。部屋へ行くぞ」

「ちょ……っ」

まだ食べはじめたばかりだというのに問答無用で肩に担がれ、自室へ連れられる。

ベッドに転がされ、身を起こそうとするより早く上にのしかかられた。

「なんなんですか!」

肩を押さえつけられ、ぎらつく瞳に鋭く睨まれる。

「その相手と会うのは、許さない」

「どうしてですか」

「どうしてもだ。了承しない限り、いまから抱き続ける。日曜までずっとだ」

泣き寝入りの多い俺だが、さすがにこれは納得がいかない。

いつもの大我は横暴だが、いちおう説明してくれる。でもいまは説明してくれないだけでなく、やけに苛立っているように見える。

なんだろう。俺に説明しにくい、妖怪同士の事情でもあるのだろうか。

「もしかして、このあいだの狐と狸の事件のように、日曜に大変なことが起こるとか？」

「そうじゃない。おまえがほかの誰かといちゃつくことが、許容できないだけだ。考えただけで、苛つく。その相手を殺したくなる」

「こ、殺すっ⁉」

物騒なセリフにぎょっとした。

「そんな。いっしょに遊ぶだけですよ。たぶん、手を繋ぐことすらないんじゃないかと――ん……っ」

わけがわからぬままくちづけられた。これをされると、俺は彼の言いなりになるしかない。ずるい。

「大我の鬼……っ」

「そのとおりだ」

悔し紛れに罵《のの》しっても彼が行為をとめることはなく、キスをされながら身体をまさぐられる。ズボンと下着をおろされ、中に埋め込まれていた栓を引き抜かれると、長い指で奥までいじられた。

「ん、あ……っ」

「デートは、中止しろ。会わないと言うんだ」

「な……、あ、あん……っ、や……っ」

指でほぐされたのちに熱く硬い塊《かたまり》が入ってくる。脚を大きく広げられて前から貫かれたかと思ったら引き抜かれ、次にはうつぶせにされて尻だけを高くあげた格好で後ろから抜き差しされる。奥まで貫かれて彼の下腹部が俺の尻に打ちつけられるたびに、尻を叩く激しい音がする。まるで悪い子にお仕置きするように。

「あ、ぁ、あっ、ああっ」

頭も身体ももみくちゃになるほど激しく揺すぶられ、翻弄され、けっきょく、会わないと約束するまで抱かれてしまった。

新たにできた子鬼にシュークリームと名付け、ぐったりとベッドに横たわっていると、鬱《うっ》屈《くつ》した気持ちが次第に燻《くすぶ》って、堪えきれなくなった。

こんなの、ただの暴力だ。

もし俺も妖怪だったら、もうすこしまともに相手をしてもらえるんだろうか。

こんな仕打ちを受けながらもそんなことを考えてしまう自分が惨めだ。

「どうした」

泣きそうな顔をしている俺に、大我が気づいた。

悲しい気持ちが溢れて、取り繕うことはできなかった。

「……どうせ俺は、子鬼製造器なんですよね」

卑屈に吐きだすと、ベッドから立ちあがろうとしていた大我が動きをとめ、目をすがめて俺を見おろした。

「どういう意味だ」

「そのままです。大我は俺のことを、子鬼を作りだす道具としか思っていないでしょう」

「なんだと」

「揺籃にも言われました。あなたは俺のことを、そう思ってるって」

意外なことを言われたというふうに大我は目を見開いて俺の言葉を聞いていたが、揺籃の名が出て、チッと舌打ちした。

「なんだそれは。俺は、そんなふうには思っていない」

ベッドにすわり直した彼は、即座に否定した。

「寛一に近づいたときは利用する目的だったが、おまえは違う」

「なにが違うんです？　封印が解けてすぐに俺を抱こうとしたじゃないですか。伊西から昔の話を聞きましたけど、曾じいさんのときといっしょじゃないですか。家にいたのが父でも、特殊能力がありさえすれば抱くんでしょう」

大我が眉根を寄せた。

なにを言おうか迷うように口を閉ざし、睨むように俺を見つめてくる。まもなく、ためらうようにしながら口を開いた。

「誤解されるのは不快なので、言っておく」

偉そうではあるが、静かな口調で切りだされる。

「鬼瓦に閉じ込められていたときにも意識はあった。それで、おまえが成長する姿を見ていた」

ひと呼吸し、俺をまっすぐに見つめて告げる。

「おまえは不器用だしバカだしまぬけだしお人好しで、如才《じょさい》ない寛一とは違う。理性的で頭のよい父親の敬一とも違う」

「あの」

「ずっと、見ていたんだ」

淡々としているのに、想いのこもった声だった。

「なんて言っていいのかわからない。だが、特別な感情を抱いている」

大我の手が、そばにあった俺の手にふれる。熱い体温。

「そうでなければ、おまえの体調を気遣うことなどせず、その身体を揺籃と共有していただろう。よけいな力を使って、特別な貞操帯など作ったりもしない」

彼の熱が指先に伝わる。

「俺にとっておまえは、大切な存在だ。その特殊能力とは関係なく」

獣のようにきらめくまなざしが激しさを増し、真摯《しんし》に想いを伝えてくる。

俺はびっくりして、黙って聞き続けてしまった。「どうせ子鬼製造器」と卑屈に愚痴《ぐち》ったけれど「その通り、おまえは子鬼製造器だろうが」と肯定されるだろうと思っていたのだ。

だが大我は、そうじゃないと言う。

特別な感情を抱いているという。

その特別な感情とは、具体的にどんなものなのか。ひとくちに特別と言ったって、親友に対する特別とか、孫に対する特別とか、いろいろ種類があるだろう。

そしてどういう意味で、大切な存在だというのか。

胸の中で、感情がさざ波立つ。

食い入るように見つめていると、彼は理性を思いだしたかのように、瞳のきらめきを急速に収束させた。

「おまえが俺をきらっているのはわかっている。だからいま以上におまえをどうこうしようとは思っていない」

大我はそれ以上の会話を拒むように立ちあがり、部屋から出ていった。

俺は動揺しすぎて、黙ってその背を見送ってしまった。

しばらくしてから、引きとめてでも話を続けるべきだっただろうかと思った。

どういう意味で大切だというのか、確認したい。

いまから追いかけていくのは、タイミングが悪すぎるだろうか。

迷いながら部屋から出て階下へおりると、揺籃と出会った。

「あ、陽太。いまから部屋に行こうと思ってたんだ。伊西から聞いたけど、だいじょうぶ？」

「はあ」

大切な存在という意味に気をとられていたが、そういえば俺は大我に無理やり抱かれたのだった。携帯も壊されて。

大切な相手ならば、どうしてあんなひどいことをするんだ。

「いったいなんなんでしょうね……」

ため息混じりに呟くと、揺籃が苦笑して腕を組んだ。

「そりゃあね。惚れた相手に平然と、べつの相手とデートするなんて言われたらね。ぼくだって嫉妬《しっと》する」

「え」

惚れた相手って……。

まるで周知の事実のように言われてどぎまぎすると、揺籃が驚いたように俺を見返した。

「あれ？　知らなかった？　大我が陽太に惚れてるって」

特別な存在だとは言われたが、どういう意味で特別なのかは確認していない。

特別って――恋愛感情という意味でとらえていいのか……？

そうなんだろうか……。

「大我があんなに独占欲強くて嫉妬深いとは、ぼくも知らなかったよ」

「嫉妬、なんでしょうか……？」

「ほかになにがあるって言うのさ。大我の態度、わかりやすすぎると思うけど」

頬がにわかに熱くなる。

そんな俺を、揺籃がじっと見つめる。

「ぼくも、嫉妬してるんだけど」

「あ……」

「でもぼくは、陽太が選んだ相手なら応援するよ。デートの日も、大我が本気で閉じ込めようとしたら、逃がしてあげる」

「どうして……」

「陽太が好きだからだよ」

揺籃が穏やかに言って立ちあがる。

「おなかすいてるんじゃない？　大我は自分の部屋へ行ったし、台所においでよ」

揺籃に誘われて台所へ行くと、伊西と大福がおり、大福が俺の食事を作ってくれた。

揺籃と伊西が世間話をする横で、俺はひとりで黙々と食事をとりつつ、考えていた。

大我も俺に気があると告げられ、動揺していた。

揺籃に告白されたときとは、心の動きが違う。揺籃のときは驚いただけだが、大我の気持ちを知ったいまは、胸の奥がざわめき、落ち着かない。携帯を壊された怒りもどこかへ行ってしまった。

彼が俺に惚れてるなんて、本当だろうか。

本人から聞いたわけではない。揺籃の思い込みかもしれないし……。

もちろん惚れてるからって人の携帯を壊していいはずないし、強姦していいはずもない。

気持ちが揺れているのを自覚し、平常心を保つためにあれこれ考えてみたがうまくいかない。

どうしてこんな気持ちになるんだ。

本当に俺に惚れてるのか、本人に直接確認するのもためらわれたが、気になりすぎて箸《はし》もとまりがちだ。生まれたてのシュークリームが吸い物の椀《わん》に飛び込んで溺れていたが、それにもすぐに気づかなかった。雑煮《ぞうに》の餅のようにぐったりと浮いているのを、飲もうとしたときに気づいた。

このままではほかのことが手につかなくなる。やっぱり確認しようと思い、俺は食事を終えるとシュークリームを肩に乗せて大我の部屋へむかった。

一階東側にある空き部屋を彼は使っている。俺から彼の部屋を訪問するのは、これが初めてだ。

「陽太だけど」

名乗りながらノックすると、室内から応答があったので扉を開ける。

大我は部屋の真ん中で寝ており、むくりと起きあがった。部屋の隅には見慣れない青年が正座して控えている。見慣れないけど、妖狐と妖狸の争いのときに、ちらっと見かけた大我のしもべかもしれない。

大我が青年に目配せすると、青年はふっと姿を消した。

「いまのは、しもべ？」

「そうだ。中へ入れ」

俺はおずおずと室内へ足を踏み入れ、彼の前にすわった。

「どうした」

いざ来てみたのはいいけれど、本人を目の前にしたらやはり言いにくい。

彼の鋭い目と威圧的な雰囲気に萎縮してしまう。

「その……揺籃に言われたんですけど。大我は、その……俺に惚れてるって、ほんと……？」

緊張しながら切りだし、上目遣いに大我を窺うと、彼は黙って俺を見つめている。

「デートの話を聞いて、嫉妬したんだろうって……。そうなんですか」

重ねて尋ねても、大我が口を開く気配がない。

俺、変なこと言ってるかな。

うん、変なこと言ってるかも。

沈黙が痛い。

かなり時間をあけてから、大我がわずかに眉根を寄せて、口を開いた。

「なにを、言いたい？」

その口調は理解不能といった様子で、俺は顔が赤くなるのを感じた。

「誤解だったらごめんなさい。もしそうだったら、デートするなんて言って、悪かったなあと思って。でも、人のスマホを壊したりするのは、どうなんだ、と、思ったり、して……。

えっと、お邪魔しました」

最後のほうはしどろもどろになりながら、慌ただしく立ちあがって部屋を出た。

なにをしに行ったんだ俺。恥ずかしいな。

大我のあの態度を見ると、惚れてるだの嫉妬だのいうのは揺籃の思い込みなのだろう。

俺は自室に戻るとベッドに突っ伏した。

時間が経てば経つほど、恥ずかしいまねをしてしまったような気がしてきた。

こういうとき相手が女子だったら、「なにあいつ、自意識過剰～」と仲間内のネタにされて笑われちゃったりするんだ。

大我は笑ったりはしないだろうけど、でも「なんだあいつ」ぐらいは思われただろうな。

恥ずかしい恥ずかしいと呟きながらベッドの上でごろごろ転がる。それからすこし落ち着いてきて、ひと息ついて天井を見あげた。

大我のことが、気になってしかたがない。

怖いし、むかいあうと萎縮してしまう。それなのに、気になる。

彼は俺の特殊能力にしか興味がないと思っていた。でも、それだけじゃないのだと知ってから、俺の中のなにかがおかしい。

大我が俺に惚れていると揺籃に言われたとき、俺はどう思った？

「すごく……どきどきしたな……」

大我が俺のことを好きだといいと思わなかったか？

そうだったらいいと思った。

やっぱり俺、大我のことが、好きなのかも……。

「なに考えてんだ。鬼なのに……」

考えていると、胸がどきどきして身体が熱くなってきた。

火傷のように痛んでいたはずの胸が、期待で甘く疼《うず》いて落ち着かない。

自分の気持ちをもてあまして悶々《もんもん》とすること数時間。いいかげん寝ようと思い、風呂に入って寝る支度をし、ふたたびベッドに横になったが、なかなか寝付くことができなかった。

その翌日、花純ちゃんに連絡できなかったことを謝りたかったのだが、大学では彼女に会えなかった。

日曜の約束はどうしようか。

大我には、行かないと約束させられたが、理不尽で一方的な要求を守る必要があるのか。でも約束を破ったら怖そうだしなあ。

行けなくなったと断るなら、できるだけ早いうちがいいのだろうが……。

なにも決まらぬまま帰宅し、自室へ戻ると大我がいた。立って窓の外を見ていた彼がふり返る。

「入れ」

びっくりして戸口で立ちすくむ俺に、大我が偉そうに言う。俺の部屋なのに、大我の部屋みたいだ。

「えっと……なんで俺の部屋に？」

「待っていた」

俺が室内へ入ると、大我が手にしていた紙袋を差しだした。

「これをやる」

受けとり、中を見ると、昨日壊されたのとおなじタイプの携帯が入っていた。新品である。

「え。これ、どうして」

「つてを使って手に入れた」

鬼のつてってなんだろうと、どうでもいいことを気にする俺に、大我が続ける。

「大事なものを壊して、悪かった。反省している」

まさか鬼に謝られるとは思わなかった。

「すこし話がある」

大我が畳に腰をおろしたので、俺もすこし離れてすわった。

「昨日、俺が惚れているのか、と訊いてきたな」

「あー、えっと、あれは、いちおう確認を、と思っただけで、やっぱり揺籃の勘違いですよね」

「いや。勘違いじゃない」

即座に否定された。

「俺はおまえを特別な存在だと言ったな。特殊能力も関係ないのだと。あれで意味は通じたと思っていたんだが、違ったんだな」いまさらなにを言ってるんだと、昨日は思った」

まっすぐに見つめられる。

「おれは、おまえを自分だけのものにしたかった。ずっとそう思っていたし、いまもそう思っている」

迷いもためらいもない、力強い口調で告げられた。

「いとしいし、大事にしたいとも思う。だがそれ以上に独占欲が強くて、昨日は無茶を言った。こういう気持ちを惚れていると呼ぶならば、そうなんだろう」

まるで他人事のような言い方をしながらも、その言葉は熱い。

瞳からも情熱が溢れていた。それは言葉を重ねるごとに激しさを増し、俺の意識を呑み込んでいく。

「俺が本気でおまえを求めたら、逃げるか。それとも、共にいてくれるか」

彼の中で強い感情が燃えさかっているのがわかり、その激しさに俺は息を詰めた。追い詰められ、目をそらせない。

「陽太は、俺が怖いんだろう」

答えられない俺を見て、大我がふと静かに、呟くように言った。

「きらいだ、とも言われたな……」

それまでと打って変わって、急に声音を弱め、自信なさそうに目を伏せる。

「鬼に惚れてるだの好きだの言われても、迷惑だろうな」

これまで、自信に満ちた彼の姿ばかり見てきたから、かすかに覗かせた彼の弱気に俺は目を瞠《みは》ってしまった。

「話は、それだけだ」

大我は俺の返事を待たずに立ちあがり、部屋から出ていった。

ひとり残された俺は、しばらくなにも考えることができなかった。

――ええと……。

――これって、まじめに告白されたと思っていいんだよな。

そう認識したら、にわかに心臓の鼓動が速まり、身体がほてりだした。

微熱でもあるように熱くなった頬に手を添え、それから口元を押さえる。押さえないと、意味不明なわめき声を発しそうだったから。

「……うぁ」

耳元の血管がどくどくしてうるさいほどだ。

どうしよう、どうしよう。

立ちあがり、彼のあとを追いかけたい衝動に駆られたが、ちょっと待て、と意味不明な制止をかけて、しゃがみ込む。

大我の告白は、頭が爆発しそうなほど衝撃的で、俺は自分がどうしたいのかわからなくなった。

なぜこれほど動揺し、興奮しているのか。

恐怖じゃない。畏怖でもない。この感情は、不快なものじゃない。混乱しているけど、これだけはわかる。

俺、大我に告白されて、嬉しいんだ。

俺、やっぱり大我に惹かれているんだ。

俺は以前から、身体だけじゃなく、俺自身を求めてほしかったのだと、いまになって気づく。

「迷惑……じゃない、よな」

迷惑だなんて、思っていない。

だが、それを素直に伝えてしまっていいものか。

相手はなんと言っても鬼だ。彼の気持ちを受け入れたら、どうなるのか不安だ。

どうしよう。

鬼と恋愛なんてできるのだろうか。

大我の気持ちを受け入れたら、ふつうの生活はできなくなるだろう。無邪気に想いを通いあわせることには躊躇《ちゅうちょ》してしまう。

嬉しいけれど一抹《いちまつ》の不安は残っており、俺はその夜に大我と顔をあわせたときも返事をできなかった。自ら道を踏みはずす覚悟はついていない。

でも、花純ちゃんとのデートはやめておこうと、自分の意思で決めた。

翌日、花純ちゃんと大学で会い、日曜の約束は都合で行けなくなったと伝えた。

# 七

日曜の朝、起床して台所へ行くと、大福が俺のために目玉焼きを焼いてくれていた。

「おはようございます、母上。いまパンを焼きますね」

「ありがとう」

洗面所で顔を洗って台所へ戻ると、ちょうどいいタイミングでテーブルの上に朝食が並んだ。

トーストに目玉焼きに牛乳、サラダ。目玉焼きにかけるための醤油。

はじめの頃はトーストと牛乳だけだったのだが、最近は卵料理とサラダがつくようになった。卵はスクランブルエッグやゆで卵のときもある。

俺はスクランブルエッグのときはケチャップで、ゆで卵のときは塩をかけるのだが、そんな俺の好みも大福は把握していた。

大福のレパートリーはすくない。でもすこしずつ増えてきている。

「なあ。大福の家事能力って、しもべの基本スペックなの？　鬼のしもべって、みんな料理ができるものなのか？」

大福は元々子鬼だったのに、いつのまに料理を覚えたんだろう。ほかのしもべはどうなんだろうなどと前々からふしぎだった。

大福はフライパンを洗いながらこちらへさわやかな顔をむけた。

「いえ。大概《たいがい》のしもべは作れないようです。私は子鬼時代に母上の調理を見ていたので、それが役立っております」

なるほど。大福の作る料理が俺の料理レベルなのは、俺を手本にしていたからか。

「子鬼の頃の記憶はあるんだ」

「はい。それが私の基礎ですから」

洗濯機を見ると無性に疼いたりもするのだと、大福は笑う。

「しもべによって、特徴が違ったりする？」

「そうですね。それぞれに得手不得手《えてふえて》があり、性格も異なります」

俺は大我のしもべの中では大福としか接していないのでわからないが、個性があるらしい。

「ほかのしもべも、大福みたいに子鬼が集合して大きくなったの？」

「いえ。私は特殊なようです。先輩方ははじめから大きかったそうですね。父上の力を借りて木の股から生まれたとか、元は隕石の破片だったとか、様々のようです」

「……大我が人間を抱いたことで、できたしもべはいないのか？」

「ええ。私だけです」

「そう」

自分のような扱いをされた人間はいないようだと知り、なんとなくほっとしてしまう。

「私は若輩者で、不得手なことばかりです。先輩たちのように父上の役に立つことがあまりできません。ですが、私が母上の息子だから、父上は特別私をかわいがってくださいます」

「はあ……そうなの？」

俺は頬を赤くして目玉焼きをつついた。

大福がくすりと笑う。

「ええ、とても。もちろん私以上に母上のことを気にかけておりますが」

「……………」

「父上はあんな性格なので母上にはわかりにくいかもしれませんが。毎日、母上の様子の報告を求めてきます」

そんなことを教えられたら、ますます頬が赤くなったのを感じた。

なんと返事をしたらいいかわからなくなり、俺は目玉焼きをひと口で頬張った。

照れている自分が恥ずかしい。

「あ、おはようございます、父上」

そこに話題の主、大我が姿を現した。

ばちりと目があう。

ちょうど大我の話をして、しかもその話題で赤くなっていたところだから俺は変に意識してしまい、目を泳がせた末にうつむき、テーブルの上に転がっていた子鬼を握りしめた。

胴体を強めに握ったら、中身が移動したように頭の部分がぷくりと膨れてちょっと慌てた。

大我は挙動不審な俺にちょっと眉をひそめただけで、いつもと変わらぬ口調で話しかけてきた。

「陽太。食べ終わったら栓を抜いてやる」

「あ……はい」

大我の作った栓は、毎日挿れられている。

大我の気が変わらないうちにと俺は急いでトーストを牛乳で胃に流し込み、席を立った。

ふたりで洗面所へ行き、恥ずかしさを耐えながらズボンと下着をさげて大我に尻をむける。

毎朝のことだけど、これは本当に慣れない。

抜いてもらったあとトイレとシャワーをすませると、いつもは大我が脱衣所で待っていて、ふたたび栓を挿れられるのだが、今日はいなかった。

はて、と思いながらも服を着て台所へ戻ると、大我はそこで椅子にすわって待っていて、俺を見るなり立ちあがった。

「今日の予定は空いているな」

「はあ」

今日は花純ちゃんとの予定をキャンセルした日だ。大我に誤解されたくないので、新たな予定を入れていない。

「出かけるぞ」

「はあ。行ってらっしゃい」

「行ってらっしゃいじゃない。おまえも来るんだ」

「え、どこへ」

「おまえが行きたがっていたところだ」

どこのことだろう。今日行く予定だった神社だろうか。

きょとんとしていたら急きたてられ、とりあえず俺はカメラや財布を入れた鞄を部屋からとってきた。

そして玄関で靴を履くなり、大我の肩に担がれて外へ出る。

「あ、あの、どこへ」

「遊園地だ」

「は？　――わあっ」

大我が跳躍し、道路へ出る。妖狸のなわばりへ揺籃に運ばれたときとおなじように風を切り、ひゅんひゅん跳んで移動する。

まもなくたどり着いたのは、となり町にある子供だましの遊園地だった。地元民しか知らない小規模なところだ。

入園口の前でおろされ、大我を見あげた。

「あの、どうしてここへ?」

俺は遊園地に行きたがった覚えはないが。

「ここへ来たがっていただろう」

「俺が?」

「まあ、十年以上前の話だが」

それって俺が小学生の頃の話じゃないか。

「行くぞ」

大我がコートのポケットからお札《さつ》をとりだしながらチケット売り場へ行き、ふたり分のチケットを購入した。

そのうちの一枚を渡される。

「……ありがとうございます。人間の使うお金、持ってるんですね……」

礼もそこそこに、俺は疑問を口にした。鬼なのに。しかも数十年前の古いものではなく、最近の紙幣だった。

「妖狸から、先日の礼として贈られたんだ」

チケット売り場のすぐ横に入園ゲートがある。大股で先を行く大我のあとを追いかけるようにゲートを通った。

園内は緩《ゆる》い傾斜のジェットコースターやメリーゴーラウンド、観覧車などがある。どれも対象年齢は小学校中学年ぐらいまでだろう。それ以上の年齢では刺激の足りないアトラクションばかりだ。

景色を見て、小学生の頃の記憶が呼び覚まされる。

いまの俺は幼児むけの遊園地などこれっぽっちも興味がないが、小学生の頃の俺は、たしかにここへ来たがっていた。

小学校へ入学したばかりの頃だっただろうか。いちどだけ、母に連れてきてもらったことがあるのだ。

ライダーショーなどもあって、すごく楽しい思い出を作ってもらい、その直後に母は父と離婚して出ていった。

そのときに感じた幸せな思いを味わいたくて、その後なんどか父に連れていってほしいとねだった覚えがある。だが多忙な父には願いを聞き入れてもらえず、そのうち俺も成長して、子供むけの遊園地への興味を失った。

当時と変わらぬ風景を眺め、俺はしんみりと言った。

「……覚えていてくれたんですね。俺がここへ来たがってたの」

鬼瓦に封印されていながら、大我はそのときの俺たち家族のやりとりを見ていて、いまでも覚えていたのか。

俺がここへ来たがっていたことなんて、たぶん父も覚えていないか忘れているだろう。俺自身、忘れていた。

「おまえのことならなんでも覚えている」

大我が歩みを緩めて、俺に歩調をあわせた。

「親が目を離した隙に洗剤を食って、口から泡を吹いていたことや」

それは俺が赤ん坊の頃の話じゃないか。

「幼稚園児の頃、漫画の主人公に憧れて、車の上から飛びおりて足を骨折したことも」

「まぬけなエピソードばかり覚えてるんですね……」

「まぬけな逸話《いつわ》しかないからな」

「ひどっ。まあそうですけど」

ジェットコースターのほうへむかいながら、大我がかすかに笑う。

「冗談だ。まぬけじゃないのも覚えている。小学校の習字の大会で金賞をもらったこともあったな。すごく喜んで、得意げに親に報告していた表情も、忘れられない」

ジェットコースターの前に着いた。有名遊園地と違って閑散《かんさん》としていて、順番待ちの行列はできていない。

「乗るか？」

園内にいるのは小学生ぐらいの子供連ればかりで、俺たちは異様に浮いていたが、気にならなかった。

「はい」

せっかくなので乗ることにする。

子供連れの母親が最前列に乗り、俺たちがその後ろに乗り込むと、ジェットコースターはすぐに走りはじめた。

自転車で坂道を走るのと大差ないのではというくらいのつまらなさが、ほのぼのしていてむしろ楽しく感じられた。

一分程度で終了し、それをおりたら、俺はそのとなりにあるコーヒーカップに大我を誘った。

目をまわす大我に笑い、ベンチで休憩したあと、観覧車にも誘う。

「大我、あれも乗りましょう」

観覧車はここのメインで、けっこうな大きさがある。てっぺんまで見あげる。

「大我はあれぐらいジャンプできるんですか」

「いや。あそこまでは無理だな」

何メートルあるだろうか。言っても地方の子供だましの遊園地なのでたかが知れているが。

回転速度がゆっくりなので、一周まわるのに十分以上はかかりそうだ。

ふたりで乗り込むと、むかいあうようにすわった。

車内は静かな音楽が流れていて、はしゃいでいた気持ちがすこしだけ落ち着いた。

むかいにいる大我は物珍しそうに外の景色を眺めている。俺も外を見るふりをして、彼の横顔を盗み見るように見つめた。

大我は俺のことをすべて知っている。

でも俺は大我のことをほとんど知らない。封印される前はどこで暮らして、どんな生活をしていたのか。いつから存在しているのか。なにに興味があるのか。

きっと長い年月を過ごしているのだろう。大我が俺のすべてを知っているように、とまではいかなくても、もっと彼のことを知りたいと思った。

大我がゆっくりと俺のほうへ顔をむける。

「なにか言いたそうな顔だな」

盗み見ていることは気づかれていないと思っていたのだが、しっかりばれていた。

俺はちょっと赤くなりながら、思っていたことを口にした。

「大我は、何歳なのかなと思って」

「歳か。どうだったかな……人間の歳で言うと、封印されていた年月を含めて、百歳ぐらいか」

思っていたよりも若い。何千など、気が遠くなるような年齢ではなかったことになぜか安《あん》堵《ど》した。

「封印される前はどこで生活していたんですか」

「町のはずれにある山にいたな」

「やっぱり、妖怪たちの調整役をして暮らしていたんですか」

「そうだな。揺籃と伊西とともに」

「ほかに、仲間や大事な人とかはいるんですか」

「いないな。そんなものは要らないと思っていた」

「封印されていたとき、なにを思っていたんですか」

記者のインタビューのような調子で矢継ぎ早に質問をくりだす俺に大我は淡々と答えていたが、その質問にはふと口をつぐみ、まっすぐに俺を見つめた。そして、静かに言う。

「おまえのことばかり、考えていた」

声は静かなのに、その瞳はひたむきな情熱を放ち、俺の心を射貫いた。

男の色気と真摯さに、心臓がどきりと跳ねあがる。

「ずっと、大事な者など要らないと思っていた。なのに、おまえはほしいと思う」

突然車内が甘い空気になったようで、俺は目を泳がせてしまう。

「子供の頃は、微笑ましくて眺めるくらいだったんだが……いつからかな。これほど執着するようになったのは」

　昔を思いだすように大我が遠い目をする。

「大人の姿になってきて……徐々に、目を離せなくなって……気づいたら、どうしてもほしくてたまらない存在になっていた」

「……どうして」

「どうして？」

　大我が立ちあがり、俺のとなりへ移動してくる。肩がふれあう距離から見おろしてくる瞳は熱っぽく、俺は緊張しながらも目を離せなくなった。

「それは、惚れたからだろう？」

　問いかけるような言葉は俺に同意を求めているのか。真摯で情熱的なまなざしが、俺の呼吸をとめさせる。

「で、でも、俺、まぬけだしイケてないし」

「そこがいいんだろ」

　大我の顔が近づいてくる。ゆっくりと、唇を寄せられる。嫌なら顔を背けることもできただろう。だが俺は息をとめたまま、どきどきしながら唇を待ち受けた。

　焦点があわなくなるほどまでに顔が近づく。吐息がふれる。

　心臓が激しく脈打つ。息が苦しい。

観覧車でキスなんて、恋人同士みたいだ。そんなことを思ったとき、唇が重ねられた。弾力を確かめるように柔らかく押しつけられ、いったん離れていく。息を吸い込もうと緩く唇を開いたらふたたび重ねられ、彼の唇に下唇を挟まれ、甘く吸われた。

本当に、恋人同士みたいな甘いキスだった。

「ん……」

優しいキスに思わず吐息を漏らすと、彼の舌が口内に差し込まれ、唇の内側を舐められる。そこからじわりと快感が生まれる。

彼の舌はさらに奥まで入り込んできて、俺の舌に絡む。そうされると唾液の催淫作用で俺の身体は快感で燃えあがり、四肢から力が抜けた。

下腹部に熱が溜まり、これはまずいと思うのに、あらがえない。

観覧車の中なのに。もうすぐ地上に着くのに、快感が急激に強まり、身体が熱くて息があがる。

「ふ……んぁ……大我、だめ……」

キスのあいまに喘ぎ声で告げると、大我がようやく俺の状態に気づいたように唇を離した。

「ああ、そうか。そうだったな」

大我は自分の唾液で俺が快感を覚えることを失念していたらしい。

「……あ……もう……」

地上に着いてしまうというのに、俺の中心は恥ずかしいほど屹立《きつりつ》し、歩けそうにない状態である。

「忘れていた。そのつもりじゃなかったんだが」

そうこうしているうちに出口に到着し、係員の手によって扉が開く。

俺は大我の小脇に抱えられるようにして観覧車から運びだされた。

そのあとに続く階段をおりても、俺は力が抜けて自力で歩けない。

「大我……どうしよ」

「無理か」

「無理……ごめんなさい、早く……」

せっかく連れてきてもらったが、こんな状態では家に帰るしかないだろう。荒い息をし、欲情して濡れた目で見あげると、大我がごくりとのどを鳴らして俺を見た。俺を抱える腕に、妙な力が入ったような気がした。どうしたんだ。

「大我？」

彼は俺の問いかけに返事をせず、無言でまわりを見まわすと、閉鎖されている建物へむかい、閉鎖中の看板を勝手に退けて鎖をくぐり、中へ入ってしまった。

「え……ここって」

室内は薄暗く、左右どちらを見ても俺たちの姿が映しだされている。

ミラーハウスだった。

どこをむいても鏡だらけでめまいがしそうだ。

「な、なんでこんなところに――」

行きどまりまで来ると身体をおろされたが、立っていられず膝をつく。すぐさま背後から抱きしめられ、ズボンと下着をおろされた。

「え、ちょ、ちょっと待って……まさか、こんなところで……っ？」

「無理と言っただろう。我慢できないんだろう？」

「え、あ、無理って、そうじゃ……あ……っ」

無理と言ったのは歩けないという意味で、大我がほしくて我慢できないという意味ではない。たしかに中心は硬くなり、我慢できないほど身体がほてっているけれど、いくらなんでもこんな場所では。

そう言おうとしたが、唾液で濡らされた指が入り口に潜り込まされて、抗議は嬌声に変わった。

「あ、あ……っ、ん」

指は中の壁をぐるりと一周するように唾液を塗りつけると、抜き差しをはじめた。

膝立ちの姿勢でそこを刺激され、俺は目の前の鏡に両手をつき、身体を支えた。

目の前にある鏡を見ると、欲情して頬を染め、まなじりに涙をため、いやらしい顔をした俺の顔がある。そのとなりには俺の横顔がいくつも映しだされている。

もちろん全身も映っている。カットソーはきちんと着ているのに、ズボンと下着は太腿の中程までおろされた淫らな格好。先走りをしたたらせて勃ちあがっている中心も、隠しようがない。

「う、あ……」

鏡に気をとられているうちに、入り口には三本の指を差し込まれ、唾液で濡らされ、ほぐされていた。快感が増し、呼吸が乱れる。自然と腰を突きだし、淫らにくねらせてしまう。

そんな痴態も鏡に映しだされている。それも、数えきれないほど。

「こんなの、誰かに……あ、あ……見られたら……っ」

「気にするな」

「き、気にしますっ……」

「閉鎖中だっただろう。誰も来ない」

「でも……っ」

客は来なくても、係の人が来る可能性はあるのだ。

それを思うといますぐこんなことはやめたいのに、身体はとまらない。指の動きにあわせて、もっともっととねだってしまう。

「あ、あ……こんな……っ」

「いつもより、感じやすいな。戸外がいいのか、鏡が好きなのか」

じゅうぶんに解されたのち、大我の猛りが後ろから突き入れられた。

「ああ……っ」

太いものが収まる快感に、舌が震え、身体に甘い電流が走る。

背筋をのけぞらせ、顔をあげると、天井にも自分たちの姿が映しだされていた。俺の白い尻のあいだに、大我の赤黒く怒張した肉棒がずぶずぶと埋まっていく。

「あ……」

羞恥を覚えて目をそむけたが、背けた先にも鏡があり、俺たちが繋がっている姿がいろいろな角度から、数えきれないほど映しだされている。反対側へ目をむけてもおなじことで、逃げ場がない。

「これは、いいな」

大我も鏡に映る俺たちの姿へ目をむけ、楽しんでいるようだった。

「どの角度からも、おまえが見える」

鏡越しに視線をあわせてささやかれ、律動がはじまる。

「あ……っ、あ……っ」

奥を突かれ、身体が揺れる。鏡の中の俺も揺れていて、まるで自発的に腰をふっているように見える。中への直接的な刺激と視覚的刺激で快感が倍増し、めまいがする。どこを見て

も自分たちの痴態だらけで、鏡の奥まで幾重にも像が連なる。天地の区別もわからなくなりそうだった。

「もっと腰を突きだしてみろ。そのほうが奥まで入る」

言われるままに身をかがめ、腰を突きだすと、いきおいよく貫かれ、奥まで満たされた。

「あ、ああっ！」

激しく叩きつけられ、おなじいきおいで腰を引かれる。なんどもなんども、くり返し抜き差しされ、俺は場所も忘れて快感に喘いだ。

鏡の中でも、何百、何千の大我に犯されている。その光景を見ながら犯されることは自宅の壁鏡の比ではない恥ずかしさだった。にもかかわらず、俺はいつしかこの行為に倒錯《とうさく》的な興奮を覚え、体内で荒れ狂う快感に自ら溺れた。

「あ、あ……っ、ぁん……も」

快感に頭が冒され、現実感がすっかり薄れた頃、大我がちいさく呻いた。中に精を注がれる。

それにつられるように、俺も熱を吐きだす。

「——っ」

ほぼ同時だったが俺のほうが遅かったようで、俺の精液は子鬼になった。

ぽんと飛びだした子鬼は間近にあった鏡に直撃し、失神したように床に落ちる。

「まだ、出る」

大我は腰の動きをとめず、立て続けに俺の中に精を放った。

「あ、あ……」

熱いほとばしりを受けて、俺もすこしだけ残滓《ざんし》を漏らした。それは通常の半分程度の大きさの子鬼になった。

ぜいぜいと呼吸しながらそれらに名付け、ぐったりと鏡にもたれる。

こんなところでしてしまった……。

きっかけとなったキスを受け入れたのは自分だと思うと、大我ばかりを責められない気がした。

快感と欲望を解放すると理性が戻り、羞恥心やら道徳心やらで気が滅入《めい》ったが、押し寄せてきた疲労感でどうでもよくなったりもした。

「もう……本格的に、動けないです」

情事後の余韻の残る顔でぼやくと、大我が頷いた。

「抱いて帰ってやる」

彼はめずらしく俺の衣服を整えてくれた。そして俺を抱えあげる。いつもは肩に担ぎあげるのに、お姫さま抱っこだ。

荷物を担ぐような運ばれ方より大事にされている感じがするが、これを誰かに見られるのも恥ずかしい。

でも抵抗する気も起きず、されるがままに抱えられ、ミラーハウスから出た。

外は青く澄んだ空が広がっており、健全な家族連れが歩いている。

園内にいる客のすべてが子連れだと思っていたのだが、カップルらしき男女がひと組だけいた。

彼らは俺たちをふしぎそうに一瞥し、通りすぎていった。そんな彼らの後ろ姿を、大我が目で追い、ぽつりと漏らした。

「おまえとここへ来れて、よかった」

そう言われて、俺にとって、これが人生初のデートだったのだと気づいた。もしかしたら、大我にとっても。

大我は揺籃のように、自分の気持ちをはっきりと表にだして主張するタイプではない。だが俺に対する温かい想いは、すくない言葉からしっかりと伝わってくる。

俺をここへ連れてきたいと思ってくれた大我の気持ちは、素直に嬉しいものだった。

大我がゲートへむかって歩きだす。俺は黙ってその腕に揺られた。

幼い頃、この遊園地で楽しいひとときを過ごしたはずなのに、悲しく儚《はかな》い思い出と化していた。それが、新たな思い出が追加された。それは思いだすのも恥ずかしく、同時に心温まる記憶となった。

# 八

気がつけば五月も終わろうとしていた。

壊れた屋根は、大我がシートをかぶせてくれたまま放置している。

鬼たちを封印するかは置いておくとしても、壊れた瓦の修復はしなければならない。

来月には梅雨に入るし、その前に直しておいたほうがいいよなあとのんきな俺も動く気になった。

まずは資金源で世帯主でもある父に報告しなければとメールしたら、電話がかかってきた。

『雷が落ちただと？　被害は』

「屋根瓦が壊れただけで、その下の屋根材は無事みたい。業者に頼もうと思うんだけど、どこにしたらいい？」

『瓦全体が古いから、業者には総葺き替えを勧められるだろうし、おまえが相手じゃ舐められてぼったくられる。夏に帰国するから、そのときに父さんが直す』

「え。父さん、直せるの？」

『そりゃあ、瓦屋の息子だったからな。あとは継がなかったが、若い頃に手伝わされた』

父曰《いわ》く、北側の増築部分の窓から出れば屋根にあがれるので足場を組む必要はないし、倉に瓦の在庫があるはずだから、金もかけずにひとりでできる、と。

「でも父さん、夏だと遅いよ。その前に梅雨が来る」

『ああ、そうだった。それはよくないな』

「やり方を教えてくれるなら、俺がやるよ」

『できるのか、おまえ。危ないぞ』

「父さんがやったって危ないでしょ。むしろ俺のほうが若いぶん、足腰はしっかりしてるんじゃないの。万が一のために命綱もつけるよ」

父は俺を心配しているのか信用していないのか、すこし悩んだようだったが、任せると言ってくれた。

後日、父から添付書類付きのメールが届いた。瓦の葺き方を図解入りで説明したもので、素人の俺でもわかりやすい。

これならできそうだと、さっそく倉にむかった。

倉の鍵を開け、扉を開く。中へ入るのは何年ぶりだろうか。中には、古い瓦がたくさん眠っていた。

「こんなにあったんだ……」

瓦は手作りではない。工場で作った既製品だろう。これを使えば、我が家の特殊能力は発揮されず、鬼を封印することはないだろう。

「おや、陽太。なにをはじめるのじゃ」

俺は必要枚数の瓦を運びだし、庭で練習をしていると、どこからか帰ってきた伊西が声をかけてきた。

「屋根の修理をしようと思って」

「ほほう。あのままにはしておけんよのう」

伊西はのんきに屋根を見あげる。

「どれ、わしも手伝おうか」

伊西は、俺が鬼たちを封印する可能性をこれっぽっちも考えていないらしい。この既製品の瓦を見れば、俺にその意思がないのは明白か。

「ありがとうございます。でも大福がいるので、彼に頼みます」

伊西は酒臭いので、彼に頼むのはちょっと不安だった。代わりに食事の支度をしていた大福を呼んだ。

「この瓦を屋根にあげてほしいんだけど」

「かしこまりました」

大福は重い瓦を軽々と持ち、屋根へ跳びあがった。俺も北側の部屋の窓から屋根へ出て、雷が落ちた場所へ移動する。

「修理ですか」

「うん」

「お手伝いしたほうがよろしいですか」

「壊れてる瓦の破片を持っておりてもらえるかな。庭に置いてくれればいい。あとは自分でできる」

大福がおりたあと、俺は慎重に足場を確保して、作業をはじめた。

曾祖父の作った瓦は手作りなので、微妙に形が揃っていない。なのに雨漏りせず、しっかり組み合わされているのがすごい。

俺は祖父の瓦のとなりに既製品の規格の揃った瓦を敷き、釘でとめていった。

宝珠の飾り瓦があった場所はふつうの平瓦にし、鬼瓦は、この地域では一般的な雲のデザインのものをとりつけ、作業を終えた。

俺の技術で雨漏りしないか不安に思いつつ屋根からおり、庭に置かれた壊れた瓦を片付けた。それから大福や伊西がいるであろう台所へむかった。

「あれ？」

台所に行くと、そこには誰もいなかった。鍋が火にかけられたままだ。

「危ないなあ」

火をとめ、鍋の中を見ると焦《こ》げつく寸前だった。

火をつけたまま台所を離れるなんて、几帳面《きちょうめん》な大福らしくないことだ。

家に入ったはずの伊西もいないし、家の中がやけに静まり返っている気がした。

そういえば、子鬼たちもいない。

「シュークリームー、洋なしのタルトー」

いつも俺のそばにいる子鬼の名を呼んでも、姿を現すどころか物音ひとつしなかった。

大我や揺籃は自室にいたはずだと思い、彼らの部屋へ行ってみたがふたりとも不在だった。

どうしたんだろうと思ったが、考えてわかることでもなく、そのうち戻ってくるだろうと思うことにした。

しかし、夜になっても鬼たちは姿を現さなかった。

こんなことは、これまでになかった。鬼たちは夜も出かけることが多いが、かならず誰かひとりは家にいたし、子鬼の数匹は常に俺のそばにいた。

「大福ー、いないのかー」

大福などはどこにいても、俺が呼べばすぐに飛んできたのに、呼んでもこない。

妖怪界で大変なことが起きていて、総動員しているのだろうか。

それとも、ほかに理由があるのか。

「……まさか」

考えた末、俺は天井を見あげた。まさか、屋根瓦を葺き替えたせいだろうか。

「封印……？　いや、でも」

封印しようなどとは思わなかった。瓦だって既製品だ。雨漏り対策だけを考えてふつうに瓦を葺いただけなのに封印されてしまっただなんて、そんなことがあるだろうか。

封印の作法など自分は知らない。

もしかして知らないうちに、封印の手順を踏んでしまったのか？

曾祖父は自作の鬼瓦を使って封印した。だから封印するには手作りの瓦でないとと勝手に思い込んでいたが、そうでないといけない決まりがあるわけでもない。

封印する際に特別念じなければいけないだとか、呪文が必要などと聞いたわけでもない。

どうやったら封印できるのか、たしかな知識などはじめから持ちあわせていないのだ。

ならば、特殊能力があるというだけで、封印できてしまう可能性もあるのだ。

「でも……まさか、な……？」

半信半疑のまま一夜を過ごし、朝になっても鬼たちは姿を見せなかった。

その日は大学を休み、夜まで家で待ってみたが、やはり子鬼一匹すら姿を現さない。

俺は次第に不安になり、家中を歩きまわった末に大我の部屋へ入った。

やっぱり、封印してしまったのだろうか。それとも、なんらかの事情で彼らは出ていったのだろうか。

いずれにせよ、自分は元々これを望んでいたではないか。

これで平和が戻り、ごくふつうの学生生活を謳歌できるのだ。

そう思おうとしてみたが、だめだった。

大我の部屋には彼の残り香もなく、そこにひとりたたずんでいると、無性に彼に会いたくてたまらなくなった。彼の真摯な言葉と表情のひとつひとつが思いだされ、せつないほどの恋慕の情で胸が締めつけられる。

俺には大我が必要だ。

このままで一生会えないなんて、嫌だ。

鬼でもなんでもいい。ふつうの生活ができなくなってもいい。彼のそばにいたい。

焦燥《しょうそう》が込みあげて洪水のように溢れ、いても立ってもいられなくなる。

封印しようと思っていた相手なのに、いつのまに俺はこんな感情を抱くようになっていたんだろう。

獣のように怖い瞳を持つ、けれども優しい鬼。俺は彼を畏怖しながらも、いつのまにか恋しく思っていた。

俺は唇をかみしめ、こぶしを握った。

「瓦……壊してみようか」

もし鬼瓦に封印してしまったのならば、直した瓦を壊せば、封印が解けるかもしれない。べつの理由で鬼たちは不在なだけかもしれないが、このままじっとしていることもできない。とりあえず試してみようと思い立ち、大我の部屋を出た。

釘抜きと懐中電灯を持って屋根へあがる。夜だが月が出ているので、足元も明るい。転ばないように慎重に歩きはじめたとき、遠くの空に、なにかの影が見えた。

鳥が飛んでいるのかと一瞬思ったが、いまは夜だ。

なんだろう。目をこらして見ていると、それはこちらに近づいているようで、徐々に姿がはっきりとしてきた。

鳥ではなく、小柄な人の姿のように見える。いや、あれは、狸か。忍者がムササビの術でもしているような格好だ。

空を飛べる狸、ということは、妖狸だ。

そのすぐ後ろにもひとり飛んでいる。こちらは人間っぽい。絨毯《じゅうたん》みたいなものに乗っているようだが、鬼の誰かだろうか。

戻ってきたのか。俺が瓦に封印したわけじゃなかったのか。

「早まって壊さなくてよかった……誰かな」

安堵したのもつかのま、後ろを飛んでいた人が妖狸に追いつき、妖狸を殴った。

「え……」

妖狸は地上へ落下していった。そして人間らしい姿の人だけがこちらへ飛んできて、空飛ぶ絨毯から我が家の屋根におり立った。

ツンとした顔立ちの、見たことのない男だった。

銀色の髪に、鬼たちが着ているようなロングコート。頭に尖った耳があり、尻には三本の尻尾。

妖狐と妖狸の争いのときに耳と尻尾のある妖狐を見たが、彼らの仲間だろうか。尻尾が三本もある者は、あのときはいなかった。

「おまえが陽太か」

「はあ……どちらさまですか」

男がにたりと笑った。

「俺は輝楽という。妖狐の長だ」

その名には覚えがあった。大我が妖狐の一匹に、うちへ来いと伝えていたのだ。

大我に会いに来たのだろうか。

「あー。すみませんが、鬼たちは不在でして」

「鬼ではなく、おまえに用がある」

輝楽はひらりと跳びあがり、俺の目の前に着地したかと思うと、俺を肩に担ぎあげた。

「わっ、なにを……っ」

俺は抵抗しようとしたが、屋根の上なので下手をしたら落ちそうで、逆に彼にしがみついてしまった。

輝楽が空飛ぶ絨毯に跳び乗る。

いや。よくよく見れば、空飛ぶ絨毯は絨毯ではなく巨大な油揚げだった。

俺を抱えた輝楽を乗せて、油揚げが空を飛ぶ。

油揚げには揚げムラがあって、穴があいている。そこから地上が見えて、その高さに俺のタマが縮んだ。

「うわああっ」

家がぐんぐん遠ざかっていき、見えなくなっていく。高度はさがらず、視界のずっと下のほうに家々の屋根が見えた。

俺は妖狸のように便利な陰嚢を持っていない。落ちたら死ぬ。アラビアンナイトの魔法の絨毯かピーターパン空の旅みたいだ、なんて楽しんでいる余裕はなく、俺は男の身体に必死にしがみついた。

「な、な……」

なんの用ですか、とか、どこへ連れていくつもりだ、とか言いたいのだが、恐怖と風の冷たさで歯の根があわず、言葉が出てこない。

やがて大型ショッピングモールが見え、その屋上駐車場に到着した。

すぐさま人型をした妖狐が数人集まってきて、輝楽の肩からおろされた俺は紐で縛られ、拘束された。

「やめ……っ、なんなんですかっ」

「我々は、こうしておまえを拉致する機会をずっと狙っていたのだ」

輝楽が偉そうに腕を組んで俺を見おろす。

「これは報復だ。もうすこしで妖狸たちを追いだし、河原のすべてをなわばりにできたのに、鬼に邪魔をされ、我々は恥をかいた。まずは存分に、後悔してもらおう」

「はあっ？　ど、どうして俺が報復されなきゃならないんですかっ？」

「おまえが鬼たちを裏で操っている黒幕なのだろう」

「どこからそんな話にっ⁉」

「妖狸を追いだそうとしていたとき、おまえが鬼たちを指揮していたと聞いた。ここにいる者たちも、それを見ているぞ」

いやいやいやいや。

あの場に俺もいたけれど、指揮なんてひとつもしてなかったって！

「誤解です！」

「とぼけても無駄だ。おまえの家系が、鬼にとって特殊な血を受け継いでいることは知っている」

「いや、たしかに特殊能力があるみたいですけど、操るなんて、そんな立場じゃなくてですね……っ」

「まずは水責めにしてやろうか。それとも火炙《あぶ》りがいいか」

妖狐は俺の言いぶんなど聞かず、話を進める。

「我々に楯《たて》突いたことを反省したら、おまえの力で妖狸を追いだしてもらうぞ」

「そんなことできませんって！」

「ふん。強気でいられるのもいまだけだ」

強気なわけじゃなくて、妖狸を追いだすなんて俺には本当にできないんだって！

「火炙りにしてやろう。たいまつを持ってこい」

妖狐が太い木の枝を持ってきた。先端には布が巻かれており、輝楽がそれを受けとると、布が自然発火し、いきおいよく燃えはじめた。

ショッピングモールは閉店前で、屋上駐車場には車がまばらにとまっている。買い物客の数人がこちらに気づき、足をとめていた。

「た、助けてください！」

叫んで助けを求めても、みんなふしぎそうに見ているだけだ。

そりゃそうだ。傍目に見たら、耳と尻尾をつけた連中が遊んでいるようにしか見えないだろう。強盗っぽい服装やヤクザっぽい黒服だったりしたら、やばそうだと判断してくれるだろうけど。ああ、見た目って大事。

輝楽がたいまつを持って近づいてくるが、俺は背後から妖狐に拘束されていて、逃げられない。

たいまつが顔に近づく。熱い。肌がじりじりと焦げそうだ。

輝楽は本当に火炙りにするつもりなのか。

妖狸たちへの仕業《しわざ》を思いだすと、この男は、やるかもしれない。

躊躇《ちゅうちょ》なく実行しそうだ。

「ふはは。おまえの能力とやらは、鬼には効いても我らには効かぬのだな。非力な人間ではないか」

燃えさかる火が顔に当たるぎりぎりまで近づいて、俺は目をつむった。嫌だ。怖い。熱い。

お願いだから誰か助けてくれ！

「誰か――大我っ！」

もうだめだと思いながらも絶叫した瞬間、その場に突風が起こった。

「わあああっ！」

輝楽と妖狐たちの叫び声が響き、はっと目を開けると、たいまつは突風によって火が消え、妖狐たちは風圧に耐えるように顔を覆い、踏みとどまっている。俺を拘束していた妖狐が手を離したため、俺は風圧で数メートル飛ばされた。

「っ！」

目の前に駐車している車。ぶつかる、と息をとめた刹那《せつな》、だし抜けにたくましい腕に抱き留められ、その胸に包まれた。

突風がやみ、反射的に見あげると、そこには獣のように光る瞳。

「大我！」

「無事か」

俺が頷くと、大我は俺を背に庇い、輝楽たちへむき直った。

「輝楽。許し難いまねをしてくれたものだな」

「我らだって、好きこのんで妖狸を追いだそうとしたわけではないわ。元はと言えば、おぬしらが人間なんぞに封印などされてちゃんと役目を果たさぬから、我らの縄張りが住めぬようになってしまったのではないか」

「その言いぶんはわかる。だからおまえたちの住まいを確保してやろうと骨折ったが、こんなことをされては、やる気も失せた」

「なにを。おまえらだって、人間に封印され、操られて悔しい思いをしていたんじゃないのか。俺はその人間を成敗《せいばい》してやろうとしただけだ」

大我がバカが、とちいさく呟いたのが聞こえた。彼の背後から、怒りのオーラが立ちのぼるのが見えた気がした。

「言いたいことがあるときは、直接俺に言え。陽太にだけは、手をだすな。こいつに手をだしたらどうなるか、思い知るといい」

大我が手をあげる。

「しばらく、この地を去るがいい。反省するまで姿を見せるな」

ぎらりとその目が光ったとき、彼の頭上の空気が渦を巻き、竜巻が起こった。

竜巻は枯れ葉やゴミを巻き込みながら巨大に膨れあがり、妖狐たちのほうへむかう。

「わあああっ」

妖狐たちは恐れおののいて逃げだすが、まにあわない。竜巻は次々と妖狐たちを巻き込んでいった。油揚げに乗って逃げようとした輝楽も最後に巻き込まれる。

竜巻はその場にいた妖狐たちをすべて呑み込むと、ものすごい速さで西の方角へ移動していき、やがて見えなくなった。

すごい。

大我の力はあいかわらず圧倒的で、あっけなく妖狐たちを片付けてしまった。

竜巻を見送っていると、べつの方向からこちらにやってくるふたつの影を見つけた。

ひとつは揺籃。もうひとつは妖狸の陰嚢に乗った伊西だ。

「陽太、だいじょうぶっ？」

俺たちのそばにおり立つと、揺籃が俺の紐をほどいてくれた。

「平気です。ありがとう」

俺は揺籃に礼を言い、大我へ目をむけた。

竜巻を見送っていた彼が、俺をふり返る。

そのまなざしと視線が絡んだ瞬間、涙が込みあげてきて、俺は彼へ抱きついた。

「大我……っ」

背中に彼の腕がまわされ、抱き返される。その力強さに、溢れた涙が頬を伝った。

「ありがとう……よかった……また会えて」

「無事でよかった」

吐息とともに吐きだされた低い声は心からの安堵を滲ませており、胸に深く染みた。

鬼でもいい、と思った。

俺はこの人が好きだと、心が強く訴えているのを感じた。

この気持ちを伝えたい。

そう思ったとき、周囲から拍手が沸き起こった。そういえば、ギャラリーがいたのだった。

辺りを見まわせば、見物している人数は増えている。

子供が母親に「ライダーは出てこないんだね？」などと訊いている声も届き、どうも、シヨーとまちがわれていたらしい。俺たちの動きがなくなると、見物人たちは散っていった。

俺ってば、みんなに見られているのに大我に抱きついちゃったんだな。恥ずかしい。

俺は赤くなりながら大我から身体を離し、揺籃や伊西、妖狸に頭をさげた。

「みんなも、助けてくれてありがとうございました」

「なんの。わしらはなにもしとらん。もうちぃっとばかり早ければ、また狐と秘密の遊戯ができたのじゃが——あ、いや、なんでもない」

伊西にとっては俺を助けることよりもSMプレイのほうが重要な様子だ。いいけど。

伊西を乗せてきた妖狸は、空で輝楽に殴られていた妖狸だろう。それで俺が連れ去られたのがわかったのか。

尋ねると、そうだと妖狸が答えた。

「それで、急いで鬼のみなさんにお知らせせねばと思ったのです」

「よくここがわかりましたね」

「そりゃ、あいつらの行く先と言ったら、ここしかありませんから」

俺は鬼三人を見まわした。

「あの、ところでみんなは、この数日どこへ行っていたんですか」

答えたのは大我。

「おまえが封印したんだろうが」

あ、やっぱり。

「えっと……やっぱり封印しちゃってたんだ。ごめんなさい、あの、封印するつもりはなかったんですけど……」

「そうか」

短く愛想のない返事だが、怒っている様子はなかった。

ほっとしつつ、俺は首をかしげた。

「でも、封印されたのに、どうやって出てこられたんですか」

それには伊西が答えた。

「妖狸が瓦を壊してくれたのじゃ。瓦を壊せば封印が解けることは、妖狸には話してあったからのう」

「みなさんの気配がなく、瓦が直されているのを見て、もしやと思いまして」

それで試しに壊してみたのだと妖狸が言った。

揺籃が頷く。

「そんなに強力な封印じゃなかったおかげで、簡単に瓦を壊すことができたしね。お手製の鬼瓦じゃなかったせいか、陽太の能力が寛一ほどじゃないのか知らないけど。ともかくお互いに無事でよかったよ」

俺はもういちどみんなにお礼と謝罪をし、和やかにみんなで微笑みあったところで、大我が俺の肩に手を置いた。

「帰るか」

「はい」

俺は彼の顔を見あげて微笑んだ。

# 九

家へ戻ると、庭のあちこちに壊れた瓦が散乱していた。

妖狸が屋根の鬼瓦を片っ端から壊していったようだ。

俺が家の周囲をひととおり点検し、瓦を拾い集めていると、揺籃が手伝ってくれた。

「今度瓦を葺き直すのは、みんなにやってもらわないとですね。俺がやると、また封印しちゃうだろうから」

ななめ後ろを歩いていた揺籃は「そうだね」と上の空な様子で答え、それから俺の名を呼んだ。

「陽太は、やっぱりぼくより大我のほうがいいんだね」

俺は足をとめ、ふり返った。

彼はどこか寂《さび》しそうに微笑んでいた。

「ぼくなんて眼中に無しって感じで大我に抱きついてたし」

「あ……。……ごめんなさい」

揺籃にも告白されていたのだ。でも俺は、大我が好きだと気づいてしまった。

揺籃のことはきらいじゃないが、特別な感情を抱けない。彼の気持ちには応えられない。

俺が謝ると、彼は苦笑を浮かべて首をふった。

「いいんだ。さっき、つくづく思い知らされたけど、はじめからわかってた」

俺の肩に、揺籃の手が置かれる。なんだ、と思ったとき、さっとひたいにくちづけられた。

驚いたときには離れていた。

「もう迫らないから。これぐらいは、許して」

見あげると、揺籃は苦しそうに瞳をゆがめていた。しかしそれを俺に見せまいと、彼は無理やり作ったような明るい笑顔を見せて、先に家の中へ入っていった。

申しわけない気分になり、でもしかたのないことだと気持ちを切り替えて、俺も家に入った。

大福の手料理を食べてシャワーを浴び、パジャマに着替えて自室へ戻ると、しばらくして大我が部屋へ入ってきた。

「抱いてもいいか」

いつもは問答無用で押し倒してくるのに、めずらしく、遠慮がちに尋ねられた。

ベッドに横になっていた俺は、身を起こした。

「どうしたんですか、急に」

「今日はいろいろあって疲れているだろう」

「まあ、そうですけど」

大我がベッドに腰掛け、すこしためらうように言う。

「俺を封印したのは、本当に、故意ではなかったのか」

真意を探るように、瞳を覗き込まれる。

「俺に抱かれるのは、嫌なんだろう」

大我の瞳が熱心に俺を見つめる。自信に満ちた強い光は控えめで、かすかな不安と弱気を覗かせて、俺を好きだと訴えていた。

そんなふうに見つめられて、急速に体温があがり、頬が熱くなる。

大我は俺に惚れていると言ってくれた。

俺もちゃんと気持ちを伝えたい。

これまで彼に抱かれるのが嫌だったのは、感情を無視した行為だと思っていたからだ。特殊能力ほしさに抱かれていると思っていたからだ。

そうでないとわかり、自分の気持ちも自覚したいまは、彼を拒否する理由はない。

俺は緊張していったん目を伏せ、息を吸った。

「あの、大我」

彼の目をまっすぐに見つめ返して、口を開く。

「封印しちゃったのは、本当にわざとじゃないんです。それから、抱かれるのも、嫌じゃ、ないです」

俺を見つめてくる大我のまなざしが強くて、尻込みしそうになる。でも勇気をだして、伝えたい言葉を口にした。

「俺も……大我のことが好きだから」

震えそうになりながらささやくと、俺を見つめる瞳が一瞬見開かれた。しかしすぐに、疑うようにすがめられる。

「……どういうことだ。このあいだ、きらいだと……」

「それは、ええと、俺の意思を無視して無理やり抱いたりスマホを壊す大我はきらいです。でもそうじゃないあなたは、好きです」

すぐに反応はなかった。大我は眉ひとつ動かさず俺を見つめ続けている。

「……あの？」

沈黙に耐えきれなくて問いかけると、かすれた声に問い返された。

「……本当か」

ようやく大我の驚きが伝わってきた。すがめられていた双眸《そうぼう》が信じられないといったように徐々に見開かれ、情熱が溢れだしてくる。

「それはつまり……俺を受け入れてくれるということか」

ちいさく頷くと、大我が興奮したように息を吸い込み、俺に身体を寄せてきた。

「いいのか。俺は鬼だぞ」

確認してくる声はいつも以上に低く、なにか堪えきれない感情を抑えているようだった。

「はあ。そうですね」

まの抜けた感じで答えたら、肩をつかまれ、あっというまにくちづけられた。

いつもより強引で、性急なくちづけだった。

「ん、ん」

苦しくて声を漏らすと、いったん唇が離れた。

「悪い。つい。無理やりする俺は、きらいなんだったな」

大我が謝る。でもとめられないというふうに、ふたたび口を塞がれ、舌を差し込まれる。はじめよりはいくぶん丁寧になったけれどやっぱり強引で、でもそれが彼の興奮と喜びの表れだと感じられて嬉しかった。

「ん……ふ」

舌が絡んできて、俺も積極的に応じた。彼の熱い舌がなめらかに動き、舌の表面を愛撫する。

気持ちよくて舌が蕩ける。身体から力が抜け、彼の胸に身を預けると、抱きしめられ、キスをしたままシャツを脱がされた。

「……大我も……脱いで」

大我はいつも最後までコートを着用していて、俺ばかりが脱がされている。すぐに俺は気持ちよくなってわけがわからなくなってしまうのだが、できればその前に、素肌でふれあいたい。いっしょに高めあっているのだと感じたかった。

俺は彼のコートの留め具へ手を伸ばしたが、はずし方がわからなかった。すぐに大我が自らコートを脱ぐ。そして俺をベッドへ横たえる。

「陽太」

上にのしかかられ、真顔でいとしそうに名を呼ばれる。声にもまなざしにも、いつもより も確実に、甘さが含まれていた。嬉しいけれども気恥ずかしくなり、俺は赤くなって目を伏せた。

「あ……ん……」

彼の手に輪郭《りんかく》を確かめるように撫でられ、頬に、顎にくちづけられ、首筋から鎖骨へと舌を這わせられる。濡らされた箇所から次々と、つぼみが花開くように快楽が広がり、身体が震えだす。

俺は快感に身悶えながら、男の背に腕をまわした。

筋肉の盛りあがった、すべらかで張りのある肌。手のひらで彼をたしかめるように背を撫でると、興奮したように彼の吐息が熱くなり、俺への愛撫が激しくなった。

「ん……は、ぁ……」

身体中を舐められ、快感で全身が発熱し、身の置き所がなくなるような心地がする。感じやすい乳首も、腰まわりも舌を這わされたあとに指先で撫でられて、ビクビクと痙攣するように背筋が反り返る。

これまでにもなんども抱きあっているのに、感じ方がいつもと違う気がした。大我は焦らすようなことをせず、的確に俺の感じやすいところを刺激して、快感を高めてくれる。そして想いを通じあわせたことで、俺も興奮しているみたいだ。熱のあがり方が、早い。すごく感じやすくなっている気がする。

「あ、あ……大我……っ」

もっと深いところで彼を感じたい。

早く、早くひとつになりたい。彼の情熱を受けとめたい。

欲求に従ってズボンに手を伸ばすが、快感に震えてうまく脱ぐことができない。それに気づいた大我に、ズボンと下着を脱がされた。

すでに屹立した俺の中心に、彼の手と舌が絡みつく。

「あ……だめ、それ……」

そこを刺激されるときはかならずいましめられて我慢させられる。あの強烈な快感と苦痛を思いだし、腕を伸ばした。

「う、ぁ……それ、今日は、しないで……」

嫌がり、彼の頭を押し返そうとするが、離れない。そうこうするうちに先端を熱く舐められ、茎を手で淫らにしごかれ、下腹部がずっしりと重くなる。息が乱れる。

「あ……あっ、やだ……」

「我慢しないでいい。阻まないから、好きなように達けばいい」

「え……あ、あ」

快楽の成分がそこに溜まり、熱くてたまらない。射精感が我慢できないほどに高まり、導かれるままに欲望を放った。

透明な液体が俺の腹を濡らす。

「……え……」

苦痛なく素直に達かせてもらえて、解放感で身体から力が抜ける。

気持ちよかったけれど、きょとんとしてしまう。子鬼でないものをだしたのは久々じゃないだろうか。

「どうして……？」

これまでは、大我の精を受け入れてからでないと、達かせてもらえなかったのに。これでは子鬼ができないではないか。

「毎日子鬼を作らなければいけないわけでもないからな。足りなければ、もういちど達けばいい」

　大我が俺のひたいに張りついた髪を撫で、うっすらと笑った。

「子鬼を作るためではなく、おまえを抱きたいから抱いている」

　大我のまなざしが、すこし照れたように横をむく。

「いつも、抱きたいから抱いているんだが。力を得るという理由は、本当はおまけみたいなものだ」

「……そうなんですか」

「それほど力が必要なわけでもない。陽太にふれたくて、自分のものにしたくて、そうしていた。おまえを俺のものにするには、抱く以外にどうしたらいいかわからなかったから」

「それ……早く言ってくれたらよかったのに」

　そうしたら、無駄に悲しまなくてすんだかもしれないのに。

「先に気持ちを伝えてほしかったです。そうしたら、あれほど嫌がらなかったかも」

「そうなのか」

　大我が意外そうな顔をして、俺へ目を戻した。

「では、これからは、そうする。陽太の気持ちをもらえて、無理に抱く必要もなくなったしな。できれば今後も毎晩抱きたいが」

「毎晩は……その、すこし考えさせてください」

「そうか」

大我があからさまにがっかりした顔をした。

そんなに俺を抱きたいのか。

でも力のためでなく、俺自身がほしいからだというのなら、俺もそんなに嫌じゃないかも、というか、正直、嬉しい。毎晩焦らされてへとへとになるようじゃ困るけど。

「大我って、ちょっと……感情表現が、苦手だったりしますか」

物事をはっきり、自信をもって言う人だと思っていたが、そうでない面もあるようだと思い、遠慮しつつ言ってみたら、大我が顔をしかめて頷いた。

「俺はおまえを不器用だと言ったが、俺はおまえよりもずっと不器用だと、自分でもわかっている」

表情豊かではないけれど、彼が照れているのがわかる。

大我の照れた顔がめずらしくて、しげしげと見つめてしまう。

彼は俺の呼吸が整ってきたのを見て、俺の頬を撫でた。

「これで終わりにしたいかもしれないが、もうすこし、つきあえ」

いつも、限界まで我慢させられてから強烈な解放感を与えられていた。それに慣らされてしまっている俺の身体は、いまの解放感ではもの足りなかった。

後ろに大我を受け入れなければ、俺も終われない。

「うん。……して……」

想いが通じあったいきおいで積極的になっていた俺は、誘うようにすこし脚を開いた。

こんなふうに自ら誘ったことはなく、羞恥で全身が赤くなる。もちろん大我のほうを見ることなどできず、頬の熱さを自覚しながら俯く。

すぐに大我の手に両脚を大きく開かされ、入り口を晒された。そこに二本の指が差し込まれ、栓をしていたものを引き抜かれた。それは俺が抜こうとしても抜けないのに、大我の手では易々と抜ける。

「んあ……っ」

抜けていく感触に声が漏れる。急な刺激にヒクつくそこに彼の頭が近づき、躊躇なく舌を這わされた。

「あ……ぁ」

中を舐められ、続けて指で広げられ、またたくまに羞恥も理性も奪われる。

「大我、早く……も、いいから……っ、ぁ……」

唾液の催淫効果で我を忘れる前に彼を感じたくて催促する。だが大我はやめてくれない。

「まだ、ちょっと濡らしただけだぞ。いくらなんでも、これじゃ辛いだろう」

「でも……っ、ふ、ぁ……」

指と舌で丁寧に奥まで濡らされ、そこがぐずぐずに蕩けてしまう。

「あ、あ……、焦らさないで……っ」

身体はじゅうぶんに熱く、そこは解れているはずだ。腰をくねらせ、涙ながらに訴えると、大我が顔をあげた。

「焦らしているつもりはないんだが……」

俺を見おろす彼の目は、あきらかに欲情し、熱を帯びていた。その色っぽさに、胸が甘く痺れる。

大我が下着から猛ったものをとりだす。

「いいか」

「ん……」

大我に脚を抱えられ、そこに硬いものがあてがわれる。

俺が息を吐くのにあわせて、それが押し入ってきた。

「ん……は……」

二日ぶりのせいだろうか。じゅうぶんに解れていると思ったのだが、貫かれる衝撃は予想よりも大きかった。

「だいじょうぶか」

「は、い……」

奥まで入ってくると、俺のそこは激しく収縮し、歓喜の声をあげた。衝撃を覚えたのははじめだけで、すぐに対処方法を思いだし、太い猛りに吸いつく。

大我は繋がったまま動かず、俺の頬へふれた。

互いに荒い息遣いをしながら、視線をかわす。

言葉はなくとも、その視線で気持ちが通じあえた。獣のような瞳が、興奮に彩《いろど》られながらも俺への愛情に満ちていて、身も心も繋がった喜びで自然と涙が溢れた。

「陽太」

大我が上体を倒し、俺の涙を優しく舐めとった。

「好きだ」

そっと、耳元でささやかれた。その言葉に、身体が震えた。

俺も言葉を返したかったが、感極まってしまって言葉が出ず、代わりに彼の背へ抱きついた。想いを伝えるようにぎゅっと抱きつくと、大我の腕が俺の背にまわされ、互いにしっかりと抱擁しあう。

「は……ぁ」

抱きあったことで、中に受け入れていたものの角度が変わり、俺は気持ちよさに声をあげた。それを合図に、みっちりと嵌め込まれたものが動きだす。

「あ……あ、あっ」

快感が身体の奥でうねり、ほとばしる。

はじめはゆっくりとした動きだったが、徐々に律動が激しさを増してくる。俺は置いていかれないように必死にすがりつき、彼の腰に脚を絡めた。

「陽太……好きだ……」

耳元でささやく声が鼓膜を甘く震わせ、それすら快感となる。心身ともに酩酊《めいてい》したように、俺は与えられる快感に泣きながら身をゆだねた。

「ぁ、あ……俺も……っ」

どうにか言葉を返したら、興奮が増したように、さらに攻め手が激しくなった。奥をなんども貫かれ、身体を揺さぶられ、快感は肥大していき限度を知らない。

快感ばかりを与えられ、理性が溶け崩れる。彼の猛りを奥まで呑み込み、ぎゅっと締めつけると、猛りがいっそう硬度を増し、熱くなった。

「だすぞ」

ひと言告げられ、直後に身体の奥に熱いほとばしりを感じた。

「あ……」

多量に吐きだされた大我の体液が粘膜に広がり、染み込む。それを猛りでこすり、広げられて、強烈な快感が脳髄を突き抜ける。

「あ、あ……っ！」

たとえ歯を食いしばろうとも我慢できないほどの快感と熱に襲われ、急速に欲望が極みに達して爆発する。痺れるような解放感で、つま先の感覚がなくなる。一瞬意識も飛んだかもしれない。新たな子鬼の存在に気付き、名づけ終えるや否や、くちびるを重ねられた。

「んぁ……」

舌を差し込まれ、俺の舌に絡んでくる。それによって、俺は達ったばかりだというのに新たな快感を覚えてしまった。

「大我……だめ……あ、ふ……っ」

大我の唾液は俺をエンドレスで快楽へと誘う。抱きあった余韻を与えるはずのキスは、続けざまの二回戦へのきっかけとなってしまった。

「くちづけひとつで感じるのも、問題だな」

大我がふっと笑い、俺の身体を抱き起こす。繋がったままあぐらをかいた彼の上に乗せられ、正面から顔を見あわせると、大我が幸せそうに笑っていた。

その嬉しそうな表情に、俺の胸が熱くなり、絞られる。

彼のそんな表情を見たのは初めてで、無性に感動し、見入ってしまった。

大我の笑顔は、とても好きだと思えた。

これからもっと、そんな笑顔を見られたらいい。ほかのいろいろな表情も、見せてほしいと思えた。

でもいつまでも見つめあっているのも恥ずかしくて俯いたら、ふいに下から突きあげられた。

「あ……っ、あ、あっ」

達ったばかりなのに、また刺激を与えられてめまいがしそうだ。

「や、だめ……まだ……あぁ……っ」

だめと言いながらも抜き差しがはじまると、身体が勝手に反応を返し、太い猛りを引き絞り、蠕動《ぜんどう》してしまう。

「悪いがとまらない。もういちどだけ」

大我が荒い息を吐きながら無茶を言い、奥を突く。

俺はまだ乱れた呼吸も落ち着かないのだが、求められるのが嬉しくて、彼の動きにあわせて腰をくねらせ、快楽を分かちあった。

互いに快感を与えあい、なんども達き、意識を失うまで溺れた。

一夜明けたその日の午後、大我たちに屋根瓦を直してもらった。

「お疲れさまでした。助かります」

補修を終えて庭へおりてきた大我に、俺は冷えたスポーツ飲料を渡した。大我も暑い日はのどが渇くらしい。俺が渡したペットボトルの半分をいっきに飲み干した。

のどかな日である。空は雲ひとつない晴天。

「ところで、妖狐たちはどこまで飛ばされたんでしょう」

青空を見あげ、ふと気になって呟くと、大我も空を見あげた。

「山のむこうの稲荷神社だ。そこもべつの妖狐たちのなわばりで、やつらを受け入れてくれるよう、手配をしておいた」

いつのまに手をまわしていたのか。意外とぬかりない人だ。

「そこでうまくやってくれたらいいですね」

「そうだな。はじめは多少揉めるかもしれないが、妖狐同士だから、ひどい争いにはならないだろう」

「やれやれ。いい汗かいたのう」

伊西も屋根からおりてきたので、彼にはワンカップの酒を渡した。

「おお、こりゃ気が利くのう。ありがたい。しかし、暑くなってきたものじゃ」

伊西がロングコートを脱ぐ。

今日はとくに陽射しが強く、コートは暑かろうと思う。だがコートの下はふんどし一丁。そんな姿でふらふらされたら、ご近所の人に変な噂をたてられそうだ。

「あの、薄手の服は持ってないんですか」

「ない。わしらは、冬はコート、夏は裸かパンツ一枚じゃ」

「……。潔《いさぎよ》いですね」

遠慮してマイルドな表現にしてみたが、ほんとは極端だろうとつっ込みたい。

「もしかして、大我も夏はパンツだけ？」

「ああ。暑くなったらな」

伊西は老人だからまだ許されるかもしれないが、大我や揺籃は真剣にまずいんじゃないか。若いし、ブリーフやボクサーパンツなんて、生々しい……。

家の中だけじゃなく、その姿で外も出歩くんだよなあ。

「伊西さん。ふんどしだけだと、この時期は困りませんか？　俺の古着でもよければ、着ませんか、というかぜひ着てほしいんですが」

「ほう」

「へえ。いいなあ。ぼくも貸してよ」

揺籃もおりてきて、話に加わる。

「いいですけど、揺籃は俺の服だとちいさいかも。あ、倉に古い着物があったかな」

「えー、いまっぽい服のほうがいいなあ」

揺籃がわがままを言う。

そう言われてもなあ。

「わしも、いまどきの服がいいのう。それで保育園に行ってみようかの。ようやく落ち着いたで、行けそうじゃ」

そうだ。保育園のことをすっかり忘れていた。

阻止せねば、と青ざめる俺のとなりで、大我が伊西に尋ねる。

「保育園になにしをに行くんだ」

大我は伊西が子供を食うことを知らないらしい。

「決まっておるじゃろう。酒を飲みに行くのじゃ」

「保育園で酒？」

「そうじゃ。酒をふるまってくれるところなんじゃろう？」

子供が目的なんじゃなかったのか？

なにやら誤解があるようだと思いながら俺は首をふった。

「いえ、違いますよ。保育園は子供を預かる場所で、酒なんてないです」

「なんと。しかしわしはたしかにカワウソからそう聞いたのじゃが」

揺籃がぷっと笑う。

「それは、騙されたか、ほかのなにかとまちがってるんじゃないの」

大我が顎に指をそえ、思いだしたように言う。

「たしかカワウソの住まいの近所にホーチミンという居酒屋があったな」

「おお、それじゃ」

伊西が思いだしたようにぽんと手を打った。

「そうそう。保育園じゃなく、ホーチミンじゃったかもしれん」

俺は呆れて失笑も出なかった。

なんだよそれ。居酒屋と誤解していただけって……。なんて人騒がせな。

保育園とホーチミン、最初と最後しかあってないじゃないか。

「なんですか、もー。保育園が酒池肉林のパラダイスだとか言うから、人食い鬼かと思っちゃったじゃないですか」

俺が文句を言ったら、大我が呆れた声を俺に投げた。

「俺たちがそんな鬼に見えるか」

う、と言葉に詰まった。

「……いいえ。まったく」

そうだよな。俺もなんでおかしいと思わなかったんだ。この鬼たちは、すごく優しいのに。

「伊西、居酒屋の酒より敬一の酒のほうがうまいぞ」

「ほう」

伊西の目が輝く。そして俺になぜか恥ずかしそうに上目遣いをしてきた。

「のう、陽太。屋根の修理をした駄賃に、その、敬一の酒をすこしもらってもよかろうか」

「はあ。どうぞ」

夏までには、父の秘蔵の酒は空《から》かもしれない。父が帰ってきたらどうなることやら。

「わーい、ぼくもご褒美《ほうび》にいただこう！　酒飲みながら、陽太の古着を試着させてもらおう」

伊西と揺籃が上機嫌で家の中へ入っていく。

「え、ちょっと待ってください。お気に入りの服はだめですよっ」

「俺も服をもらおう」

大我がふたりのあとに続く。

「ちょ……っ、どう考えても大我に俺の服は着れないでしょ。ってか、鬼の力で服を調達できないんですか」

文句を言いながら、俺も彼らのあとを追いかける。

なぜかすっかり鬼たちは我が家に馴染み、住み着いてしまっている。

ふつうの生活とは言い難いけど、こんなのもいいんじゃないかなと思えた。

# あとがき

こんにちは、松雪奈々です。

この度は「鬼瓦からこんにちは」をお手にとっていただき、ありがとうございます。

私、鬼瓦鑑賞が趣味なんです。

鬼瓦に興味を持ったきっかけは、昔々、京都の大江山にある「日本の鬼の交流博物館」を見学したことでした。

そのときは「へえ～」ぐらいの感想しか抱かなかったのですが。

それからどうして興味を深めたかと言いますと、この場では収まらない話になるので割愛しますが、鬼瓦の特徴から知人の実家の地域をうっかり言い当ててしまい、気味悪がられるくらい、はまってしまいました。

まあそんなわけでですね、鬼瓦愛が高じてこのお話ができました。といっても鬼瓦は小道具に過ぎず、鬼や妖怪たちのお話なのですが。

このお話に出てくるキャラはみんなお気に入りで、輝楽や揺籃、陽太の父親をメインにしたお話もおもしろそうだなあと妄想が広がります。皆様にも気に入っていただけると嬉しいです。あまり深く考えず、気軽に楽しんでいただければと思います。


今回のイラストは小椋ムク先生です。

なんと言っても表紙から伝わるわくわく感がたまりません！　また、鬼たちの服装をどんな感じで描いていただけるか楽しみにしていたのですが、イメージ通りでとても嬉しいです。主役が魅力的なのはもちろんのこと、子鬼や狸や狐もかわいい！　たくさんのラフを描いていただいてありがたいやら申しわけないやら、先生、ありがとうございました。

また編集者様をはじめ、校正者様、デザイナー様、大変お世話になりました。

それでは読者の皆様、またどこかでお目にかかれたら幸いです。

二〇一五年一月　　　　　　　　　　　　　　松雪奈々

本作品は書き下ろしです

松雪奈々先生、小椋ムク先生へのお便り、
本作品に関するご意見、ご感想などは
〒101-8405
東京都千代田区三崎町2-18-11
二見書房　シャレード文庫
「鬼瓦からこんにちは」係まで。

CHARADE BUNKO

# 鬼瓦《おにがわら》からこんにちは

【著者】松雪奈々《まつゆきなな》

【発行所】株式会社二見書房
東京都千代田区三崎町2-18-11
電話　03(3515)2311[営業]
　　　03(3515)2314[編集]
振替　00170-4-2639
【印刷】株式会社堀内印刷所
【製本】ナショナル製本協同組合

落丁・乱丁本はお取り替えいたします。
定価は、カバーに表示してあります。


ISBN978-4-576-15022-2

http://charade.futami.co.jp/

CHARADE BUNKO

スタイリッシュ&スウィートな男たちの恋満載

## 松雪奈々の本

# たぶん疫病神

おまえを得られるなら、どんな不幸だって望むところだ

イラスト＝小椋ムク

佐藤は先輩の音無に片想い中。しかしある朝、トイレの神様に取り憑かれ、周りの人間を不幸にする存在になってしまう。関係の深い者ほどその影響を受けるらしく、一方的とはいえ想いを寄せる音無の身を案じる佐藤だが…。よりにもよってこんな時に音無からまさかの告白！　人生最大の不幸と幸福に見舞われた佐藤の運命は!?